— PRIX : 6 FRANCS —

A. KAEMPFEN

LA

TASSE A THÉ

VOYAGE

D'UN ANGLAIS A LA DÉCOUVERTE

D'UNE TASSE A THÉ

PARIS

BIBLIOTHÈQUE D'ÉDUCATION ET DE RÉCRÉATION

J. HETZEL, LIBRAIRE-ÉDITEUR

18, RUE JACOB, 18

LA

TASSE A THÉ

Ⓒ.

Y^{2}

Vous trouvez mes tasses jolies?

LA
TASSE A THÉ

PAR

A. KAEMPFEN

(HENRI ESTE)

ILLUSTRÉE PAR WORMS

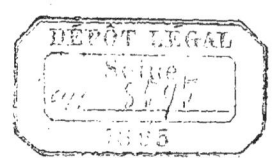

PARIS

BIBLIOTHÈQUE D'ÉDUCATION & DE RÉCRÉATION

J. HETZEL, ÉDITEUR

18, RUE JACOB

1865

Imprimerie générale de Ch. Lahure, rue de Fleurus, 9, à Paris.

PRÉFACE.

L'aimable et charmant récit des voyages et aventures de sir Edmund Broomley à la recherche d'une tasse à thé méritait à tous les titres l'honneur qui lui est fait d'être publié dans des conditions de luxe que n'obtiennent pas toujours les ouvrages signés des noms les plus connus. Cette petite perle, si artistement et si délicatement montée, ne se perdra pas dans l'océan de romans quelconques qui depuis dix ans inonde et submerge la littérature. Le public comprendra tout de suite que les éditeurs de la bibliothèque d'éducation et de récréation

réputés par leur goût et leur discernement des
bonnes choses, ne se seraient pas mis ainsi en
frais d'un habillement hors ligne en faveur d'une
œuvre banale et vouée à une existence éphé-
mère. La vérité est que la forme ici n'a pas
pour but de sauver le fond, mais simplement
de le faire valoir, en appelant sur lui l'attention dont il est digne et qu'il saura bien se con-
server.

La Tasse à thé aura sa place parmi ces livres heureux, ces livres trop rares dont le temps
a fait des classiques et qui non-seulement peuvent, mais doivent être mis entre les mains des
jeunes gens et des jeunes filles. Par la délica-
tesse des sentiments, la pureté et les grâces de
la narration, cette jolie histoire est une sœur de
la *Picciola* de Saintine, une proche parente de
ces volumes d'élite dont se compose de nos
jours la bibliothèque des jeunes personnes :
*Robinson, Paul et Virginie, le Vicaire de
Wakefield, Gulliver, le Voyage autour de
ma chambre, le Voyage où il vous plaira*,

Cinq semaines en ballon, la Princesse Ilsée, etc.

Nous sommes obligé de le reconnaître, cependant, ce *Voyage en Chine* a un défaut que ses agréments ne font encore qu'aggraver, il n'est pas bien long; il est assez probable même qu'il sera trouvé trop court par tous ses lecteurs. Que l'auteur s'en console; ne mérite pas qui veut un pareil reproche.

M. Kæmpfen fera-t-il beaucoup de livres aussi charmants, aussi parfaits que celui-ci? Il y a lieu de l'espérer, et nous le souhaitons vivement pour lui et pour nous : tout ce que nous pouvons dire dès à présent c'est que ce début est d'un maître en son genre et que, dans tous les temps, il suffirait à sortir un écrivain de la foule et à lui donner rang dans la brillante et symphatique pléiade des humoristes, parmi Xavier de Maistre, Swift, Sterne, Charles Nodier, Musset, Stahl, Alphonse Karr, etc. Ce ne sont pas les plus gros bagages qui vont le plus sûrement à la postérité. Petit livre, soit; mais

ce n'est pas si peu de chose quand ce petit
livre est de ceux qui, plaisant à tous les lecteurs
sans distinction d'âge, d'humeur et de situation sociale, sont destinés à être lus toujours et
partout.

F. DE GRAMONT.

Jusqu'à Pékin.

LA

TASSE A THÉ.

Miss Aurora s'approcha de sir Edmund Broomley et lui présenta une tasse de thé.

Sir Edmund avança la main ; mais, ses doigts ayant effleuré ceux de miss Aurora, sa main trembla légèrement, de sorte que la tasse lui échappa au moment où il la prenait, et se brisa en petits morceaux sur le parquet.

M. Simpson, qui dormait sur *le Times*, et Mme Simpson qui dormait sur son tricot, relevèrent la tête en même temps et laissèrent échapper tous deux cette courte phrase :

« Oh ! qu'est-ce que cela ? »

Sir Edmund était resté muet, les yeux fixés à terre. Il secouait machinalement sa main droite sur laquelle le thé brûlant s'était répandu.

« En vérité ! vous êtes d'une maladresse, sir Edmund ! s'écria miss Aurora avec une vivacité extrême : voilà la plus admirable demi-douzaine de tasses qu'on eût jamais fabriquée en Chine, dépareillée par votre faute. Sir Edmund, je vous le jure, je ne serai pas votre femme avant que vous ne m'ayez rapporté une tasse exactement semblable à celle que vous venez de casser, dussiez-vous aller jusqu'à Pékin pour la trouver.

— Oh ! c'est un peu loin, mon enfant, dit Mme Simpson.

— C'est même beaucoup trop loin, » ajouta M. Simpson.

Sir Edmund Broomley ne fit aucune réflexion, ramassa tranquillement les débris de la tasse, les mit soigneusement dans sa poche, causa de l'insurrection de l'Inde avec M. Simpson, et, à l'heure accoutumée, se leva, salua gravement son futur beau-père et sa future belle-mère, baisa fort délicatement le bout des doigts de miss Aurora et se retira.

Le lendemain, dès huit heures du matin, il prit un

cab, courut pendant toute la journée les magasins
de chinoiseries de Londres, ne rentra chez lui qu'à

l'heure du dîner, mangea de bon appétit, et, son repas achevé, écrivit le billet suivant :

« Miss Aurora,

« Je n'ai pas découvert à Londres de tasse à thé
exactement semblable à celle que j'ai eu le malheur de
casser hier. Je vais à Paris ; si mes recherches n'ont
pas un meilleur résultat qu'à Londres, je m'embar-
querai pour la Chine, suivant votre désir. Attendez-

moi deux ans, et si je ne reviens pas, ne songez plus
à moi.

« Votre fidèle ami et fiancé,

EDMUND BROOMLEY. »

Sir Edmund relut le billet et le cacheta avec un
cachet portant sa devise qui était : *Décision*. Puis il
sonna son valet de chambre. Celui-ci entra :

« Robert ! lui dit-il, je pars dans une heure, faites
ma malle et mon sac de nuit. Vous mettrez dans mon
nécessaire de toilette six rasoirs au lieu de deux,
parce qu'il se pourrait que j'allasse jusqu'en Chine. »

Tendant ensuite la lettre au domestique, il ajouta :
« Demain, à dix heures du matin, vous porterez ce
pli à son adresse.

— Bien, Monsieur, » dit Robert qui prit la lettre
et se retira.

Sir Edmund ouvrit alors un album relié en cuir
de Russie, et y écrivit ces lignes :

« 27 décembre 1859.

« Je n'ai pas trouvé la tasse. — Je pars ce soir
pour le continent. — S'il le faut, j'irai jusqu'en Chine,
et miss Aurora comprendra qu'elle a eu tort, et qu'il
n'est pas bien de prononcer certaines paroles. Peut-
être, à mon retour, aura-t-elle épousé quelque fat
assez doué de sang-froid pour ne pas trembler en la
regardant, et ne pas casser ses tasses. S'il en est
ainsi, ce sera la preuve qu'elle ne m'aimait pas
véritablement, et alors j'aurai eu raison d'aller en
Chine. »

Trois quarts d'heure après, sir Edmund prenait le
chemin de fer de Douvres; douze heures plus tard,
il était à Paris, et le soir du cinquième jour il arrivait
à Marseille, avec les morceaux de la tasse à thé de

miss Aurora, douillettement renfermés dans une boîte de bois de rose, doublée de satin blanc.

A Paris, pas plus qu'à Londres, il n'avait pu mettre la main sur ce qu'il cherchait.

Il y avait à Marseille un vieux loup de mer qu'on appelait le capitaine Lecoq : il était propriétaire d'une jolie goëlette, et faisait le commerce pour son propre compte dans tous les coins du monde où il espérait vendre cher et acheter à bon marché.

Pour le moment, il s'était logé dans la cervelle d'aller trafiquer en Chine, où la France et l'Angleterre étaient occupées à venger leurs injures.

La guerre avait accaparé tous les navires à vapeur. Le capitaine Lecoq consentit à prendre sir Edmund à son bord, et lui fit payer son passage en bon Français qui se souvient de Waterloo.

Le surlendemain, 2 janvier 1860, à huit heures du matin, la goëlette *la Fantaisie* emportait vers Shäng-Haï le fiancé de miss Aurora.

Sir Edmund n'avait eu garde d'oublier son bel album relié en cuir de Russie : il a bien voulu me le prêter, et, si vous y consentez, Mesdames, nous lirons ensemble ce qu'il écrivit pendant son mémorable voyage à la recherche d'une tasse à thé.

JOURNAL DE SIR EDMUND.

En mer, à bord de la goëlette
la Fantaisie.

Voilà quinze jours que nous nous sommes embarqués sur *la Fantaisie.* Le temps n'a pas cessé d'être admirable. *La Fantaisie* est un bon petit bâtiment, bien gréé et proprement tenu. Le capitaine Lecoq a l'œil à tout : il est obéi de ses matelots comme un capitaine de vaisseau de la marine royale. C'est, je crois, un brave homme, mais qui a passablement de défauts : il parle trop de Napoléon I⁰ʳ, qu'il appelle le *petit Caporal;* il ne se rase que deux fois par semaine, et trois verres de rhum le rendent excessivement gai; nos marins anglais ont la tête bien plus forte.

Le cuisinier de *la Fantaisie* est détestable.

Il n'y a pas à bord d'autre passager que moi....
Je pense beaucoup à miss Aurora

La nuit je ne vois en songe que pagodes, tours de porcelaine, maisons de toutes couleurs, aux toits retroussés, paysages bleu de ciel, balcons dorés et petits ponts sur de petits ruisseaux, où nagent de

petits poissons rouges; des jeunes filles lettrées me
montrent leurs vers; des fumeurs d'opium me cou-
doient en passant; de gros mandarins me font la
grimace et me chatouillent le nez du bout de leurs
moustaches pointues; des pâtissiers m'offrent des
pâtés de petits chiens; dans les airs, ce ne sont que
chimères, dragons, hippogriffes, monstres de toutes
sortes, horribles et grotesques à la fois, bariolés des
couleurs les plus vives et les plus tranchées. Souvent des étagères de laque se dressent devant moi,
chargées de milliers de tasses semblables à celle
après laquelle je cours : j'en veux saisir une : il lui
pousse soudain deux ailes, et elle s'envole.

Une nuit, j'ai rêvé que l'empereur de la Chine
m'envoyait chercher. Admis en sa présence, je me
prosterne. Sa Majesté sort de son sein la bienheureuse
tasse et me la présente; tout ému de tant de bonté,
j'avance la main, le fils du Ciel ouvre la sienne, la
tasse tombe et se brise.... comme l'autre.... et quand
je relève les yeux ce n'est plus l'empereur qui est devant moi, c'est Aurora, le front plissé et le regard
rempli d'éclairs.

Nous avons laissé derrière nous les îles Baléares,
l'Espagne et l'île de Ténériffe.

En passant devant Gibraltar, j'ai senti mon cœur battre délicieusement : Gibraltar, c'est l'Angleterre. On ne peut rien imaginer de plus imposant que ce rocher qui tombe à pic dans la mer, et que couronnent des bastions hérissés d'énormes pièces d'artillerie : rocher anglais, bastions anglais, canons anglais, hurrah! pour John Bull.

J'ai voulu faire admirer ce magnifique coup d'œil au capitaine Lecoq ; mais il est resté le visage obstinément tourné du côté de l'Afrique, et braquant avec affectation sa lunette sur la pointe de Ceuta.

La Fantaisie a relâché trois jours à Ténériffe : c'est un paradis terrestre : les plantes et les arbres de tous les climats y viennent à merveille au pied d'une des plus majestueuses montagnes du globe : les vignes grimpent sur les collines, et, dans les vallées, croissent à l'envi les orangers, les palmiers, les myrtes, les cyprès, les dattiers, les pêchers, les figuiers, les citronniers, les oliviers, les lauriers, les châtaigniers, les chênes et les pins. Malheureusement l'île appartient aux Espagnols. Laguna, l'ancienne capitale, est une jolie ville ; j'y ai bu du vin de Vidueno et de Malvoisie, à la santé d'Aurora.

Cap-Town.

Depuis Ténériffe, rien que le ciel et la mer.

Je le confesse en toute humilité, je commençais à m'ennuyer énormément : pauvre et chétive nature humaine que l'immensité fatigue si vite, et qui n'en peut supporter le spectacle pendant quarante-cinq jours seulement !

Hier nous avons débarqué au Cap.

« Je suis à deux mille lieues de l'Angleterre, et pourtant je suis en Angleterre. »

Je me répète cette phrase à chaque instant, et toujours avec plus de plaisir et plus de fierté.

Voici les fils de la libre Albion, marchant la tête haute, gravement, dignement, au milieu des Français, des Hollandais, des Allemands, des coolies chinois à la tête rasée, des Malais coiffés du chapeau de paille pointu, des Cafres dont un cercle de cuivre serre le front, des affreux Hottentots presque nus, et de leurs hideuses compagnes qui portent leurs négrillons dans une hotte. Seuls, on le voit, nous sommes ici chez nous. Cap-Town est une ville anglaise, transportée au pied d'une montagne gigantesque, sous un ciel radieux, à l'extrémité de l'Afrique, entre les deux océans. Je reconnais les maisons aux portes luisantes et aux marteaux bien polis, les trottoirs, les becs de gaz et le macadam de ma chère patrie. Des trottoirs, le gaz, le macadam !

Et, à quelques lieues de là, les huttes misérables des Hottentots, dans des plaines incultes, — et un peu peu plus loin, les lions, les tigres, les léopards, les hyènes, les éléphants monstrueux, les rhinocéros féroces, les hippopotames difformes et toute la race

venimeuse des serpents ; — et, un peu plus loin encore, d'immenses régions inexplorées, des montagnes,
des fleuves, de slacs innommés, des peuples inconnus,
un monde à découvrir !

Il y a un très-beau musée à Cap-Town : j'y ai vu,
empaillés ou conservés dans l'esprit-de-vin, tous les

insectes qu'on trouve dans la colonie ; mais ce qui a
le plus vivement piqué ma curiosité, c'est une paire
de grosses bottes avec cette inscription : *Bottes de pos-
tillon français.*

La vie est tout à fait gaie et charmante; un
seul détail choque un peu les étrangers nouveaux venus : c'est qu'on y paye assez générale-
ment une couronne ce qu'on paye un schelling en
Angleterre; mais l'habitude est bientôt prise, et
je trouve déjà tout naturel qu'un œuf frais coûte
trois *pence*.

Les soldats français se reposent de la traversée
qu'ils ont faite et se préparent à celle qu'ils vont
faire en donnant des concerts, en dansant et en
jouant la comédie. Les soldats anglais les écoutent et
les regardent.

En mer.

Le capitaine Lecoq n'aime pas rester longtemps au même endroit quand il n'y a pas d'argent à y gagner ; il en convient très-franchement. Je ne m'en plains pas, puisque je serai plus tôt en Chine, plus tôt de retour en Angleterre, si le ciel permet que j'y revienne, et plus tôt l'époux de miss Aurora, si je dois l'être. Nous avons quitté Cap-Town, après quarante-huit heures de relâche, il y a eu ce matin trente-neuf jours.

Le temps est toujours beau et je m'ennuie toujours.

Le capitaine ne se rase plus qu'une fois par semaine, et il parle davantage du *petit Caporal*.

Le cuisinier ne fait aucun progrès dans son art.

Un poisson volant s'est pris dans une voile, à la hauteur de Madagascar ; c'est le seul événement extraordinaire qui ait marqué notre navigation depuis le Cap.

Je regrette bien amèrement d'avoir cassé la tasse de miss Aurora.

. . . .

Nous sommes en vue de Singapore.

Singapore.

Magnifique rade, magnifique port, magnifique ville !

Loué soit sir Stamford Raffles ! Sir Stamford Raffles n'était point un sot, et c'était un bon Anglais.

Lorsqu'il vit, en 1816, l'île de Java échapper à l'Angleterre, il se demanda s'il n'y aurait pas, dans le voisinage, quelque petite île où l'on pourrait planter le drapeau de Sa Majesté britannique. Après avoir regardé attentivement à quelques centaines de lieues autour de lui, il avisa l'îlot de Singapore.

« Voilà mon affaire, » se dit-il, et il fit marché avec le sultan de Johore, qui n'était pas fâché de jouer un tour aux Hollandais avec lesquels il se trouvait justement en froid à ce moment-là.

Singapore devenu anglais, tout alla à merveille. Les forêts s'éclaircirent et firent place aux champs cultivés, un port se creusa, une cité s'éleva comme par enchantement. La ville a quarante ans aujourd'hui, elle est florissante, bruyante, animée, et sa prospérité s'accroît tous les jours. Sur ses 60 000 habitants, il y a environ 59 400 Indiens, Arméniens,

2

Juifs, Arabes, Javanais, Malais, Chinois ; tout cela vit tranquille sous la loi de l'Angleterre, représentée par quelques centaines de ses enfants. *England for ever!*

L'île de Singapore serait un séjour enchanteur, si les tigres y étaient un peu moins abondants. A notre arrivée, ils venaient de manger en trois semaines cinquante Chinois dans un seul canton. Du reste, si l'on s'abstient soigneusement de sortir de la ville, il y a de grandes chances pour qu'on ne soit pas dévoré.

Je suis ici en relations excellentes avec un vieux tailleur chinois, bachelier tombé de la poésie dans la prose, auquel j'ai commandé un fort beau gilet que je me propose de porter le jour de mon entrée à Pékin. Ce brave homme, qui s'appelle Tien-Hué, m'a voulu absolument donner une lettre de recommandation pour son cousin, écrivain public à Shang-Haï. Je l'ai acceptée avec autant de reconnaissance que si c'eût une lettre d'introduction auprès du plus illustre mandarin de l'empire.

Tien-Hué a, sur la puissance chinoise, des idées tout à fait primitives.

L'autre jour, j'étais dans sa boutique quand un détachement de soldats anglais passa dans la rue.

« Pauvres gens ! dit le vieux tailleur avec un soupir.

— Pourquoi dites-vous pauvres gens ? lui demandai-je.

— Pourquoi ? Eh mais ! parce que le sol de mon pays les dévorera aussitôt qu'ils l'auront touché, et qu'il n'en échappera pas un seul

— Ainsi, vous ne croyez pas, Tien-Hué, que les Anglais et les Français puissent battre vos compatriotes ?

— Les barbares battre les Chinois, non certes, je ne le crois pas, et je ne le voudrais pas non plus, bien que j'aie pitié de ces habits rouges et de ces habits bleus qui vont se jeter si étourdiment dans la gueule du dragon. Pourquoi avez-vous déclaré la guerre au fils du Ciel ?

— Parce que le fils du Ciel n'a pas tenu les promesses qu'il nous a faites. »

Tien-Hué leva les yeux sur moi, et me regarda fixement, de l'air le plus profondément étonné que j'aie vu de ma vie à qui que ce soit.

« Est-ce que le fils du Ciel est obligé de tenir les promesses qu'il fait aux barbares? dit-il : par le vertueux Confu-tséé, voilà une idée singulière. »

Et, pour donner plus librement cours à son hilarité, Tien-Hué rejeta loin de lui mon gilet qu'il garnissait de ses derniers boutons.

J'aime à croire qu'il y a, à Singapore, des hôtels tout aussi confortables et tout aussi bien tenus qu'à Londres ; mais je ne pourrais l'affirmer consciencieusement : les navires anglais et français, qui relâchent dans le port, amènent à terre un si grand nombre d'officiers et d'employés des deux armées d'expédition, que j'ai vainement demandé asile à tous les hôteliers européens de la ville. « Nous n'avons ni une chambre, ni un lit, » telle est la réponse que partout on m'a faite.

J'aurais trouvé, sans doute, à me loger dans quelque auberge exploitée par un fils du Céleste-Empire, mais j'ai reculé devant l'odeur de l'hospitalité chinoise.

Ma bonne étoile m'a enfin adressé à la veuve d'un droguiste anglais, qui a une petite maison sur le quai. Cette digne dame a bien voulu me louer une chambre assez propre, un lit un peu trop court, garni d'une moustiquaire plus trouée qu'il ne faudrait, et deux chaises de bambou dont une seule est boiteuse.

Tout cela ne me coûte qu'une livre par jour : c'est d'un bon marché incroyable à Singapore.

D'une de mes fenêtres j'ai la vue de la rade et du port où se pressent autour de bâtiments anglais et français une multitude innombrable de jonques, maisons flottantes habitées par des familles entières, de chebecks arabes élancés et de bateaux cochinchinois lourds et disgracieux.

Mon autre fenêtre s'ouvre sur une des rues étroites et tortueuses de la ville chinoise : là sont entassées toutes les marchandises, là circulent toutes les races de l'univers : c'est une exhibition de types et de costumes qui vaut bien celle de Sydenham-Palace, et quelles langues! quels gestes! quelles grimaces! quels cris! la Babel moderne est à Singapore.

Tout cela est vraiment bien curieux, et, je l'avoue à ma confusion, depuis que je suis ici, je prends parfois trop facilement mon parti d'avoir cassé la tasse de miss Aurora.

Le capitaine Lecoq m'a fait l'honneur de déjeuner avec moi hier : il a très-chèrement vendu une bonne partie de ses marchandises, aussi son humeur est-elle charmante : il a bu son troisième verre de rhum à l'alliance anglo-française.

Ce matin, j'achevais le dernier roman de Thackeray, que le libraire à la mode a mis en vente il y a quelques jours, et qui fait fureur ici, lorsqu'on a frappé

à ma porte deux petits coups très-discrets. « Entrez! »
ai-je dit.

La porte s'est ouverte, et un bel Indien, vêtu
d'une longue robe blanche, les poignets et les jambes
ornés d'anneaux d'or, est apparu sur le seuil. Après
s'être incliné profondément, il est demeuré immobile.

Il avait l'air singulièrement noble, et on l'aurait
certainement pris, en Europe, pour un prince. C'é-
tait un domestique de bonne maison. O Tom, Will,
Jack, John, Dick, Toby, valets de chambre et valets
de pied des plus aristocratiques demeures de West-
End, la triste figure que vous auriez faite à côté de
votre confrère de Singapore ! Et, Dieu me pardonne,
vos maîtres, ducs, comtes et marquis, auraient
bien pu souffrir quelque peu de la comparaison.

Je fis un signe, l'Indien s'approcha et me tendit un
pli cacheté, après s'être incliné une seconde fois si
humblement que j'en fus presque embarrassé.

Le pli contenait un billet avec ces mots écrits en
anglais :

« M. Thomas Harrisson prie sir Edmund Broomley de lui faire l'honneur de dîner chez lui aujour-
d'hui à cinq heures. Il espère une réponse favorable. »

Un jour me montrant un petit homme extrêmement gros, vêtu de nankin des pieds à la tête, qui
traversait le quai en s'abritant sous un énorme para-
sol bleu et en s'essuyant le front, mon hôtesse m'a-
vait dit : « Voilà M. Thomas Harrisson, un homme

qui a plus de vaisseaux sur la mer que je n'ai d'assiettes dans mon garde-manger, et plus de millions
que je n'ai d'années, et pourtant je ne suis plus
trop jeune, » ajoutait la digne femme avec un
soupir.

« Eh bien ! avais-je répondu, ce M. Harrisson ne
paraît pas vain de ses richesses, et il a la plus fran-

che, la plus joyeuse et la plus honnête physionomie que j'aie vue de ma vie. »

Comme M. Harrisson était à vingt-cinq pas de nous et que je n'avais pas parlé assez haut pour qu'il m'entendît, ce n'était évidemment pas à la bonne opinion que j'avais exprimée sur son compte que je devais la politesse inattendue dont j'étais l'objet.

Fallait-il accepter ? fallait-il refuser ? J'hésitai un moment, et même, quand je pris la plume pour répondre, je n'étais pas bien décidé encore : cependant l'étrangeté même de cette invitation, et aussi le souvenir de la souriante figure qui était restée présente à mon esprit, m'attiraient singulièrement; j'écrivis donc, sans trop y réfléchir, ces deux lignes, que je remis sous enveloppe à l'Indien, qui se tenait devant moi pareil à une statue de bronze :

« Sir Edmund Broomley remercie M. Thomas Harrisson de l'invitation qu'il lui a fait l'honneur de lui envoyer, et il l'accepte avec le plus grand plaisir. »

La statue s'inclina une troisième fois presque jusqu'à terre, regagna la porte à reculons, d'un pas qui ressemblait à celui d'une ombre, et disparut.

Je passai ma journée à me demander comment il se faisait qu'un homme qui ne me connaissait pas désirât si fort me donner à dîner.

A cinq heures moins un quart, je montais en palanquin.

Ma toilette était aussi brillante que le permettait les ressources limitées de ma garde-robe de voyage. J'avais cru devoir, dans une occasion aussi extraordinaire, me parer du gilet de Tien-Hué, que je destinais à éblouir les Chinois le jour où je franchirais les murs de Pékin.

A cinq heures moins cinq minutes, j'entrais dans le salon du riche armateur, annoncé très-correctement par un domestique anglais, auquel je n'avais même

pas songé à donner mon nom et qui avait jugé super-
flu de me le demander.

M. Harrisson se leva avec empressement, vint à moi
presque en courant, et me souhaita une cordiale bien-
venue qu'il accompagna d'une vigoureuse poignée de
main à l'anglaise, qui me remplit les yeux de larmes
d'attendrissement.

Ensuite il me présenta une jeune personne de seize
ans à peine, qui s'était levée aussi à mon arrivée :
« Ma fille Mary, » me dit-il.

Miss Mary est beaucoup moins jolie que vous,
miss Aurora; mais elle est charmante encore; elle
n'a ni votre teint de rose, ni vos cheveux blonds
bouclés, ni vos yeux bleus, si doux, quand on ne
casse pas vos tasses à thé; mais il y a certainement
dans son visage, d'une pâleur mate, dans son regard
tendre et profond, dans son front pur, couronné de
cheveux plus noirs que l'aile des corbeaux, il y a
certainement dans tout cela, et plus encore dans son
sourire, de quoi donner de l'amour à celui qui ne
vous a pas vue.

Je remerciai M. Harrisson de cette invitation, qui
m'avait si fort surpris.

Nous étions à peine assis, qu'un beau garçon de

vingt-quatre ou vingt-cinq ans, portant l'uniforme des enseignes de vaisseau de la marine française, entra dans le salon.

« Arrivez donc, mon cher ami, s'écria M. Harrisson, vous êtes presque en retard aujourd'hui. »

Miss Mary leva à peine les yeux, et salua légèrement de la tête le nouveau venu.

« M. Léon Bernard, dit M. Harrisson en se tournant vers moi, et en prenant le jeune enseigne par la main, un chasseur de tigres d'une ardeur et d'un sang-froid qui font honte aux gens qui passent leur vie à détruire ce vilain gibier. Je l'ai vu à l'œuvre, et c'est ainsi que j'ai pris pour lui une véritable estime. »

M. Léon Bernard rougit, et, chose extraordinaire, miss Mary rougit plus encore peut-être, et cependant ce n'était point à elle que s'adressait le compliment.

Le dîner était servi dans une salle à manger comme on n'en voit guère à Londres ou à Paris : le long des murs revêtus de marbre blanc, dans une jardinière immense, les plantes les plus rares des tropiques épanouissaient leurs admirables fleurs; aux quatre coins, de petits jets d'eau retombaient dans des bassins de malachite avec un bruit des plus agréables.

De grandes ouvertures, closes seulement par des rideaux de soie, laissaient entrer le peu de fraîcheur qu'apportait une légère brise du soir.

Deux petits Indiens agitaient, pendant tout le temps du repas, un immense éventail au-dessus de nos têtes. Ces pays du soleil sont de beaux pays, mais ce ne sont pas les pays de l'égalité; et quand on songe qu'une moitié de la population passe sa vie à éventer l'autre, et n'est jamais éventée, on est bien tenté de s'écrier : Justice! tu n'es qu'un nom !

Le repas fut très-gai. M. Harrisson raconta vingt

anecdotes plaisantes dont il riait tout le premier,
de ce rire plein, sonore et communicatif, dont le
seul retentissement mettrait les plus austères personnages en belle humeur.

Au dessert, après avoir porté la santé de l'excellent
négociant, je posai à M. Harrisson une question que
j'avais depuis bien longtemps sur les lèvres, et lui
demandai tout nettement ce qui me valait, de sa part,
un accueil dont j'avais lieu d'être aussi surpris que
flatté.

« Vous connaissez le proverbe français, me répondit M. Harrisson : « Les amis de nos amis sont nos
« amis. » Permettez-moi, mon cher hôte, de n'en pas
dire davantage. »

Il n'y avait pas moyen d'insister, et je dus renoncer
à savoir le mot de l'énigme, à moins de le trouver
moi-même.

Après le dîner, M. Léon Bernard invita M. Harrisson et miss Mary à venir passer le reste de la soirée à
bord du bâtiment auquel il appartenait. Les soldats et
les matelots devaient jouer la comédie. M. Harrisson
accepta pour sa fille et pour lui. Le jeune enseigne
m'ayant très-gracieusement prié d'être de la partie,
nous descendîmes tous sur le quai. Dix minutes plus

tard, une barque nous fit aborder au théâtre qui se balançait sur ses ancres au mouvement des vagues.

La scène, ornée de guirlandes et de pavillons anglais et français, s'élevait sur le gaillard d'arrière.

Le spectacle était commencé; on jouait un vaudeville.

J'entends assez bien la langue française, je lis presque à livre ouvert Corneille, Racine et Molière; mais je n'ai jamais pu comprendre un vaudeville français contemporain. Il faut que la langue du vaudeville soit absolument différente de celle que parlaient les auteurs qu'on appelle classiques en France.

Si je ne pus me divertir des mots spirituels qu'accueillaient les rires et les bravos des spectateurs parmi lesquels nous avions pris place, le jeu éminemment original et les costumes excentriques des comédiens improvisés m'amusèrent prodigieusement.

Le bon M. Harrisson riait, applaudissait, se démenait sur sa chaise dans un état de satisfaction impossible à décrire; certes, celui-là n'est point un Anglais flegmatique, comme disent nos voisins.

Miss Mary s'amusait beaucoup aussi du spectacle; quant à monsieur l'enseigne, je ne sais pourquoi, il regardait beaucoup plus miss Mary que la scène. De

Ah! c'est vous, ami Lo-Hang.

temps en temps il se penchait vers elle pour lui donner en très-bon anglais, ma foi, une explication que la jeune personne écoutait avec une attention remarquable.

Après le spectacle, les acteurs dansèrent un quadrille dans lequel la jeune première, — un matelot colossal, — déploya des grâces qui mirent le comble à l'enthousiasme du public, et accrurent jusqu'au délire les transports de M. Harrisson.

La danse finie, et tandis que nous prenions les sorbets que le capitaine de *la Superbe* nous avait fait galamment servir, un Chinois jeune encore, de fort bonne mine et très-magnifiquement vêtu, vint saluer M. Harrisson et miss Mary.

« Eh ! c'est vous, ami Lo-Hang, s'écria de sa voix joviale le gros négociant, que toutes les fleurs de la prospérité du corps et de l'âme parfument votre vie. Et la santé du jeune M. 4? Meilleure je suppose.

— Excellente; mais ma fille Chun est très-souffrante. Elle a eu six ans la semaine dernière, et on lui a mis les ligatures pour lui faire les pieds petits. Sa vivacité l'empêche de se tenir en repos; elle veut toujours se lever et courir dans la maison, de sorte qu'elle endure de cruelles douleurs. En voilà pour

3

cinq ou six mois. Ah! la mode, mon cher ami, la mode !

— Quel est donc ce jeune M. 4 dont vous demandiez des nouvelles, dis-je à M. Harrisson, quand M. Lo-Hang se fut éloigné?

— C'est un des fils de Lo-Hang.

— Mais que signifie ce nom?

— Un mois après sa naissance, chaque petit Chinois paré de ses plus riches habits et la tête rasée pour la première fois, est présenté aux parents et aux amis de la famille, et le père lui confère le ju-ming, ou nom de lait, comme on dit ici: c'est tantôt celui d'une fleur ou d'une vertu, tantôt le numéro qui représente le rang qu'occupe le nouveau-né par rapport à ses frères. Lo-Hang a quatre fils et le plus jeune s'appelle M. 4. Vous voyez que rien n'est plus simple. Quand il sera en âge de commencer à étudier, il recevra avec la même solennité le *chu-ming*, ou nom d'école, qui remplacera le *ju-ming*, ou s'y ajoutera. »

Il était minuit quand nous retournâmes à terre. La lune brillait dans un ciel d'une incomparable pureté, et je parierais cent guinées contre dix que la nuit où Roméo entretint si longtemps et si amoureusement Juliette n'était pas plus belle et plus sereine.

M. Bernard et miss Mary étaient devenus tout à
coup extraordinairement graves, et ils ne dirent pas
une parole jusqu'au moment où, à la porte de la maison de M. Harrisson, ils se souhaitèrent le bonsoir
presque à voix basse.

Ce bonsoir-là remua mon cœur d'une façon
étrange, l'image de miss Aurora m'apparut soudain
plus vivante que jamais, et son nom bien-aimé se
trouva sur mes lèvres.

En mer, à bord de *la Fantaisie.*

Le capitaine Lecoq ne faisant plus d'affaires à Singapore, a jugé à propos de mettre à la voile pour Hong-
kong il y a trois jours.

La veille de notre départ, M. l'enseigne Bernard
avait repris la mer avec son vaisseau. — M. Harrisson
et moi, nous le conduisîmes jusqu'à son bord.

En lui serrant la main à la lui briser, le digne armateur lui dit : « Au revoir » avec un accent très-
ému.

« Au revoir, » répéta l'enseigne.

Et il ajouta d'une voix tremblante :

« Mes respects à miss Mary. »

Le jeune homme était d'une pâleur mortelle et il y avait certainement des pleurs dans ses yeux. Il faut qu'il aime bien tendrement M. Thomas Harrisson.... à moins que ce ne soit miss Mary, qui s'était sentie souffrante justement le soir du jour où M. l'enseigne avait annoncé que l'ordre de repartir avait été donné par le capitaine.

Vent contraire depuis Singapore. Il y aura demain trois semaines que nous avons repris la mer. Il est onze heures du matin ; on aperçoit un point noir à l'horizon. Le point grossit, grossit, c'est une île, c'est Hong-kong.... encore une ville anglaise : *Rule Britannia!*

Macao.

Je ne suis resté à Hong-kong que tout juste le temps nécessaire pour visiter inutilement les boutiques de porcelaine de la ville et pour perdre vingt livres sur *Good-Chance*, battu par *Midsummer-night-dream*. Le turf d'*Happy-Valley* est une jolie prairie dont chaque matin le rouleau égalise le gazon. La situation de ce magnifique champ de course est unique au monde, je suppose : il est entouré par trois cimetières : un catholique, un protestant et un zoroastrien, où l'on brûle les corps. Voilà de quoi engager les jockeys à se bien tenir en selle.

Le commerce est mort à Macao: la prospérité de Hong-kong l'a tué; Macao n'a donc aucun attrait pour le capitaine Lecoq; mais ce n'est pas après les piastres que je cours, et, peut-être, quelque boutique sombre et mal achalandée de la vieille ville portugaise renfermera-t-elle le trésor dont la possession comblerait tous mes vœux. Je laisse donc le capitaine à ses affaires en lui promettant d'être de retour le lendemain, et un brick anglais m'emporte vers Macao.

Nous croisons, chemin faisant, un vapeur remorquant une barque de pirates. Pauvres pirates ! eux, les rois de la mer autrefois, eux qui faisaient trembler le Fils du ciel, comme on les traque! leur beau temps est passé.

Elle est vraiment pittoresque, cette ville de Macao, qui s'appuie sur trois villages comme pour mieux grimper la roide colline où s'accrochent ses maisons de briques bleuâtres, ses temples bouddhiques, ses églises et ses couvents catholiques, qui sont presque des antiquités sur cette jalouse terre chinoise.

Une journée pour aller à la pagode des Rochers, une pagode un peu dégradée, mais très-agréablement située sur le port intérieur, pour méditer sur les brutalités du sort envers le génie, dans la grotte où Camoëns, le sublime borgne, acheva ses *Lusiades*, pour voir le beau monde se promenant sur le quai de Praya Grande et pour chercher une tasse à thé introuvable, c'est bien peu ; mais le capitaine Lecoq n'a pas voulu m'accorder davantage, et il serait homme à mettre à la voile, sans moi, pour Canton. Demain matin, au petit point du jour, je retournerai à Hong-Kong.

Canton.

Cette fois, me voilà bien en Chine. Et, vraiment, la Chine n'est pas un pays comme un autre.

De Macao à Canton, il n'y a guère que 90 milles. La navigation n'est pas aisée au milieu du dédale de petites îles qui semblent avoir été jetées entre les deux rives du Tigre tout exprès pour ôter aux barbares l'envie d'aller voir ce que font chez eux les sujets du Fils du ciel. Malheureusement pour les Chinois, ces entêtés barbares ne se laissent pas facilement décourager.

Le capitaine Lecoq a juré très-fort pendant ce court voyage, ce qui n'aidait pas beaucoup à la manœuvre; mais il jurait en donnant des ordres excellents, de sorte que *la Fantaisie* se tirait à merveille de tous les mauvais pas.

Nous avons passé entre deux rangées de forts qui devaient, dans la pensée des mandarins, arrêter tout net les diables d'Occident il y a deux ans. Ces pauvres forts démantelés, ruinés, percés à jour, font peine à voir. Ce qui en reste permet de croire que, lorsqu'ils étaient entiers, ils ont dû exciter chez ces insolents diables d'Occident une prodigieuse hilarité.

Elles sont charmantes et couvertes d'une merveilleuse végétation, ces îles qui ont si fort échauffé la
bile du capitaine Lecoq. Les bords du fleuve sont
riants et animés; de nombreux canaux couverts de
jonques s'enfoncent dans les rizières; c'est à chaque
instant un aspect nouveau, un détail inattendu, qui
amuse les yeux.

J'aurais bien voulu m'édifier de la piété des Chinois
en assistant à leurs dévots exercices dans une pagode
environnée de beaux ombrages, qui mirait dans l'eau
ses toits aigus, et au pied de laquelle une foule de
petites embarcations étaient amarrées; mais le capitaine Lecoq estime qu'un honnête commerçant ne doit
pas perdre son temps à regarder les simagrées de ces
païens.

On arrive à Canton à travers une ville flottante qui
ne compte pas moins de 300 000 habitants: c'est un
amas prodigieux de jonques liées entre elles et de
radeaux supportant de véritables maisons, dont
quelques-unes ne se refusent ni un toit de tuiles,
ni une vérandah; il y en a qui ont deux étages
comme des maisons de terre ferme.

Il faut avouer que les Chinois ont parfois de l'esprit;
la belle invention pour les gens d'humeur inconstante

que ces demeures qui peuvent mettre à la voile et qui obéissent à tous les caprices de leurs maîtres !

J'ai lu quelque part, dans un traité de géographie, que la Chine était à quatre ou cinq mille lieues de l'Angleterre en ligne droite. Entre Londres et Canton, quatre ou cinq mille lieues seulement, est-ce possible ?

Je viens de marcher pendant trois ou quatre heures, enjambant des baquets où frétillaient des poissons vivants, me heurtant à des fourneaux sur lesquels grillaient des viandes et bouillaient des préparations étranges, trébuchant contre un panier de volailles, dans des rues bordées de maisons en rotin et en bambou, peintes de toutes les couleurs. J'ai fait l'aumône à des prêtres du dieu Fô, qui s'en allaient quêtant dans les maisons et marquant d'un certain signe la pieuse demeure où on les avait reçus ; j'ai été injurié par des lépreux à moitié nus et couverts de vermine, qui, assis à terre, se chauffaient au soleil ; j'ai, par mégarde, poussé du coude un barbier en plein air, ce qui a été cause que la pratique qu'il rasait a été fortement balafrée ; j'ai été donner du nez dans une chaise à porteurs où se trouvait une belle dame coiffée de fleurs, très-parée et très-fardée, qui s'est mise à pousser des cris ;

j'ai admiré la gravité de petits Chinois qui s'éventaient
avec autant de majesté que des mandarins l'auraient
pu faire; au détour d'une rue je me suis senti tout
à coup vivement serré à la gorge par la corde d'un
cerf-volant qu'un coup de vent avait brusquement en-
roulée autour de mon cou; sans une autre bourrasque

qui souffla fort à propos en sens inverse, j'étranglais
bel et bien et c'était fait de votre fiancé, miss Aurora;
un gamin m'a lancé sa toupie dans les jambes; j'ai
entendu des chanteurs qui se donnaient mille peines
pour ne pas chanter d'accord et qui semblaient
plongés dans le ravissement quand la cacophonie

était complète; j'ai vu des fumeurs d'opium passer devant moi, pâles, défaits, l'œil égaré, la tête branlante.

Je suis entré dans un grand palais délabré qui res-semblait à une caserne mal tenue; deux lions de granit sculptés, accroupis sur le perron, et deux géants, vêtus d'habits magnifiques et tenant leur barbe dans leur main gauche, gardaient la porte; ni les lions ni les géants ne m'ont barré le passage.

Ce palais, m'a-t-on dit, était celui du général tartare.

Le Palais de la Trésorerie n'a pas à l'extérieur un aspect moins gai; ce sont les mêmes portiques et les mêmes ombrages. On ne saurait recevoir de l'argent dans un lieu plus agréable.

Un peu plus loin, de larges allées de beaux arbres et des portiques élégants m'ont attiré ; j'ai pénétré dans une cour immense et j'y ai vu sept mille petites niches de quatre pieds carrés chacune. C'est dans ces niches que les étudiants et les lettrés rédigent les compositions soumises aux examinateurs.

Il m'a semblé pendant que j'étais dans cette enceinte consacrée à la littérature chinoise qu'un parfum de tropes, de périphrases et de métaphores me montait au cerveau.

Un peu las de mes courses, je me suis assis à la table d'un restaurant chinois : j'y ai mangé, dans des assiettes grandes comme des soucoupes, des œufs pondus l'année dernière, un ragoût de chien à l'huile de ricin et des limaces de mer ; j'y ai bu, dans une tasse grande comme un dé à coudre, du samshu brûlant et du vin de millet. C'était, il me semble, à peu de chose près, le repas que fit à Macao mon compatriote, M. Laurence Oliphant. Comme lui, je m'essuyai les mains à de petits carrés de papier brun.

Décidément, le capitaine Lecoq a raison : la Chine est un drôle de pays.

Mais la Chine est bruyante, la Chine est sale, la Chine sent mauvais, et je me suis décidé bien vite à ne pas loger dans la ville, et à retourner le soir coucher `ins ma cabine de *la Fantaisie*.

M. Thomas Harrisson m'a donné, le jour où je lui ai fait mes adieux, une lettre d'introduction auprès d'un citoyen de Canton qui a gagné une honnête fortune à Singapore dans le commerce, et qui, modéré dans ses vœux, est retourné jouir dans son pays du fruit de vingt ans de travail. Chung-tso parle assez couramment l'anglais : voilà certes un Chinois précieux, aussi n'ai-je point envie de le négliger.

Ce matin je me suis fait porter en palanquin à la maison de Chung-tso, dans la rue du Nord.

J'étais en grande toilette et, avant de partir, j'avais eu soin de répéter plusieurs fois le *tchin-tchin* ou salut chinois devant ma glace, pensant donner par là une

idée avantageuse de mon savoir-vivre à un homme avec lequel je tenais beaucoup à entretenir d'agréables relations.

Chung-tso n'était pas chez lui ; je laissai la lettre de M. Thomas Harrisson et ma carte, sur laquelle j'é-crivis au crayon que je reviendrais un peu plus tard.

En effet, dans l'après-dînée, je suis retourné chez l'ami de M. Thomas Harrisson.

On m'a conduit dans une chambre assez petite,

meublée fort simplement, où l'on voyait beaucoup de
livres rangés dans des casiers. Les murs où étaient sus-
pendus des rouleaux de soie de couleurs vives, ornés
de peintures d'une finesse extrême, ou couverts de
caractères qui retraçaient sans doute quelques-unes
des plus belles maximes de la philosophie chinoise,
m'ont fait songer au cabinet de travail de mademoiselle Chân, dans le roman des *Deux jeunes filles
lettrées*.

J'attendais depuis une ou deux minutes, lorsque la
portière du côté opposé à celui par lequel j'étais entré
s'est soulevée, et un gros homme à la figure riante et
spirituelle, fort simplement et fort proprement vêtu,
a paru sur le seuil de la chambre : c'était le maître de
la maison.

Chose singulière et dont j'ai été frappé dès le premier moment, Chung-tso ressemble prodigieusement
à M. Harrisson : mêmes petits yeux gris, même regard
vif et intelligent, même bouche aux lèvres bien des-
sinées, d'où il semble ne pouvoir s'échapper que des
paroles gracieuses et bienveillantes ; même embon-
point, même âge : Chung-tso est un Thomas Harrisson
chinois, et Thomas Harrisson est un Chung-tso anglais.
On comprend facilement que ces deux hommes ont

dû éprouver l'un pour l'autre une instinctive sympathie.

J'avais à peine eu le temps de faire gravement un pas en avant et de me préparer à exécuter, selon toutes les règles du cérémonial, le plus respectueux des *tchin-tchin*, que Chung-tso était près de moi, me serrait les mains avec une effusion véritable et me disait en anglais, avec un léger accent chinois qui n'avait rien de choquant :

« Que l'ami de mon ami soit le bienvenu dans ma maison ; le jour où je le reçois chez moi est un jour béni. »

Un Chinois ne pouvait pas en dire moins, mais il y avait loin de là aux compliments emphatiques dont je m'attendais à être accablé et qui ne m'auraient pas aussi bien convaincu du plaisir que ma visite causait à mon hôte.

Notre entretien s'est prolongé pendant deux heures : à chaque instant je voulais prendre congé de Chung-tso, qui toujours me retenait.

Chung-tso n'est pas du tout un Chinois obstiné et endurci ; il sent très-bien que l'empire du Milieu n'est pas le plus puissant empire du monde et que la civilisation chinoise n'est pas la plus avancée des civilisations : cela n'empêche pas qu'il n'aime son pays ; il voudrait le voir prospère et respecté, et fait des vœux sincères pour que les Anglais et les Français, qu'il estime et qu'il aime d'ailleurs, soient battus par les troupes impériales ; mais il n'a guère d'illusions sur ce point et songe à la façon de rendre la défaite profitable à ses compatriotes. Malheureusement pour la Chine, on ne demandera pas l'avis d'un pauvre négociant qui ne hait pas assez les diables bleus et les diables rouges.

Un riche mandarin donnait une représentation dramatique pour fêter la convalescence de sa fille échappée par miracle à une maladie qui avait mis ses jours en danger. Chung-tso, qui avait été prié avec les personnes les plus considérables de la ville, me proposa de l'accompagner. J'acceptai avec empressement.

La cour d'une ancienne pagode servait de salle de spectacle. La scène était une plate-forme en pierre. L'assistance était nombreuse. Les gens du peuple se tenaient debout au milieu de la cour ; les invités de distinction étaient assis dans les chapelles qui l'entouraient, et dont on avait fait autant de loges.

La représentation commença à midi. Des acteurs

4

loués pour la circonstance, suivant l'usage, jouèrent une comédie intitulée *Khan-Tsien-nou*, ce qui signifie littéralement : l'Esclave des richesses qu'il garde, c'est-à-dire l'Avare.

Les rôles de femme étaient remplis par de jeunes garçons. Les Chinoises, même de la pire condition, ne se décident que très-difficilement à paraître sur un théâtre.

Il n'y avait pas de décors, et au commencement de chaque acte, un des acteurs informait le public du lieu où se passait la scène.

Les personnages parlaient et chantaient alternativement. Les mêmes airs revenaient sans cesse : il y en avait un pour la gaieté, un pour la tristesse, un pour l'amour. Il paraît que cinq mélodies défrayent en Chine toutes les situations théâtrales imaginables. — Et les Français qui se plaignent de la pauvreté musicale de leurs vaudevilles !

Chung-tso, avec une obligeance extrême, me mettait au courant des différentes péripéties de la pièce et m'en traduisait les plus beaux endroits.

La fable était vraiment très-ingénieuse : c'était une comédie classique et fort en réputation.

Un bachelier ambitieux part pour Pékin avec sa

femme et son fils, un tout jeune enfant. Il espère
passer brillamment l'examen des lettres et obtenir
un bon emploi. Avant de se mettre en chemin, il a
enfoui son or dans un lieu secret.

Un pauvre diable qui demandait aux dieux la ri-
chesse et leur promettait en retour d'être vertueux et
bienfaisant, découvre le trésor ; il s'en empare, ouvre
un mont-de-piété, fonde une maison de commerce,
et en peu de temps acquiert une grosse fortune.

Mais en devenant riche il devient avare.

Cependant il veut se donner le luxe d'un enfant
adoptif. On lui en propose un : c'est le fils du bachelier qui est revenu de Pékin, sans avoir conquis son
grade, et que la perte de son or a réduit à la mi-
sère.

L'avare promet une grosse somme ; mais le contrat
signé, il ne veut plus rien donner. Grande dispute.
Enfin il offre une once d'argent.

« Une once d'argent ! s'écrie la mère. Pour si peu,
on n'aurait pas un enfant de terre cuite.

— Un enfant de terre cuite, dit le marchand, ne
mange ni ne coûte rien. »

Le jeune garçon lui reste, grâce à l'intervention
d'un commis qui donne une petite somme à la mère.

Vingt ans s'écoulent.

Le troisième acte est plein de scènes d'avarice très-curieuses. Un dialogue entre le fils du bachelier et le vieux marchand a surtout enthousiasmé la foule.

LE PÈRE.

« Mon fils, je sens que ma fin approche. Dis-moi, dans quelle espèce de cercueil me mettras-tu?

LE FILS.

« Si j'ai le malheur de perdre mon père, je lui achèterai le plus beau cercueil de sapin que je pourrai trouver.

LE PÈRE.

« Ne va pas faire cette folie, le bois de sapin coûte trop cher. Une fois qu'on est mort, on ne distingue plus le bois de sapin du bois de saule. N'y a-t-il pas derrière la maison une vieille auge d'écurie? Elle sera excellente pour me faire un cercueil.

LE FILS.

« Y pensez-vous? Cette auge est plus large que longue; jamais votre corps n'y pourra entrer; vous êtes d'une trop grande taille.

LE PÈRE.

« Eh bien! si l'auge est trop courte, rien n'est plus

aisé que de raccourcir mon corps. Prends une hache
et coupe-le en deux. Tu mettras les deux moitiés l'une
sur l'autre, et le tout entrera facilement. J'ai encore
une chose importante à te recommander : ne va pas
te servir de ma bonne hache pour me couper en deux;
tu emprunteras celle du voisin.

LE FILS.

« Puisque nous en avons une chez nous, pourquoi
emprunter celle du voisin?

LE PÈRE.

« Tu ne sais donc pas que j'ai les os extrêmement
durs; si tu ébréchais le tranchant de ma bonne hache,
il faudrait dépenser quelques liards pour la faire re-
passer. »

Le dénoûment de la pièce est la reconnaissance du
jeune homme et de ses parents.

Quelques-uns des acteurs s'acquittaient fort bien
de leur rôle : celui qui jouait l'avare aurait eu certainement beaucoup de succès au théâtre du Strand,
et aurait fait passer plus d'une mauvaise nuit à
Matthews.

Le mandarin qui donnait la fête traitait magnifiquement son public : dans les entr'actes, les produits

les plus délicats et les plus compliqués de la pâtisserie
et de la confiserie chinoises, et les liqueurs les plus
renommées étaient servis aux spectateurs des loges ;
des plateaux chargés de tasses de thé, de gâteaux et
de fruits passaient continuellement dans les rangs de
la foule qui remplissait le parterre.

« Nous venons de voir un enfant vendu par ses
parents, dis-je en sortant à mon aimable Chinois, ces
marchés sont-ils fréquents?

— Assez fréquents, me répondit-il, et comme,
grâce aux dieux, il n'y a pas beaucoup d'avares pareils à celui que nous venons de voir, le sort des
enfants vendus est ordinairement bien plus heureux
que celui qui les attendait dans leurs familles : leurs
parents adoptifs les traitent bien et souvent ne leur
témoignent pas moins de tendresse qu'à leurs fils et à
leurs filles.

— Vendre un enfant qui n'aurait dans la maison
paternelle qu'une vie misérable, passe encore ; mais
j'ai entendu parler de pauvres petites créatures expo-
sées sur les fleuves ou abandonnées dans des tours
en briques percées d'un trou par lequel on jette l'in-
nocent condamné à mourir de faim ou de froid : la
chose est-elle vraie?

— Elle est vraie, me répondit Chung-tso en bais-
sant la tête ; la pauvreté est une mauvaise conseillère,
mais de pareils crimes sont plus rares qu'on ne l'a
dit, et la mère ne s'y associe presque jamais : on lui
dérobe le plus souvent son enfant et on lui fait croire
qu'il est mort de maladie. Les victimes dévouées à la
mort sont le plus souvent des filles. Le sage Kwei-
Chung-fou a beaucoup écrit contre cette barbarie.
Par malheur ses arguments sont parfois quelque peu
étranges ou naïfs. « Détruire les filles, dit-il, c'est
« faire la guerre à l'harmonie du ciel ; plus vous
« noierez de filles, plus vous en aurez, et jamais on
« n'a vu que la mort des filles ait amené la naissance
« d'un plus grand nombre de garçons. » — « Où
« serions-nous, s'écrie-t-il ailleurs, si nos aïeules et
« nos mères avaient été noyées dans leur enfance ? »
Le bon philosophe, désespérant de gagner tout à fait
son procès, conseille aux pères bien décidés, malgré
ses remontrances, à abandonner leurs enfants, de
les déposer dans les tours plutôt que de les noyer.

— Et sa raison ? demandai-je.

— Ah ! vous ne la devineriez jamais.

— Dites-la-moi donc, je vous prie.

— Eh bien ! c'est qu'on a vu des enfants nourris

et élevés par des tigres. Vous n'aviez pas si bonne
opinion de nos tigres, n'est-ce pas?

— Non vraiment, et vous?

— Moi non plus, j'en conviens.

. . . .

Ce matin, après m'avoir invité à dîner pour demain, Chung-tso me reconduisait jusqu'à la porte de
sa maison, et nous traversions un petit salon très-
élégant qui précède le cabinet où il m'avait reçu,
lorsque mes yeux tombèrent par hasard sur une
étagère en laque rouge que garnissaient quelques
porcelaines.

Je m'arrêtai avec distraction devant cette étagère,
lorsque tout à coup je sentis mon cœur battre à me
briser la poitrine : le sang me monta au visage, mes
genoux fléchirent.... J'avais aperçu.... N'était-ce pas
une erreur, une illusion, un rêve?... non. Je regardai
de plus près ; je ne m'étais pas trompé, je ne rêvais
pas.... C'était bien la tasse après laquelle je courais.
La jeune dame jouant de l'éventail, vêtue d'une robe
jaune à larges manches, avec un grand peigne dans
le chignon relevé sur le sommet de la tête, les trois
petits Chinois respirant des fleurs écloses dans l'ima-

Vous trouvez mes tasses jolies?

gination du peintre, et, sur la soucoupe, les feuillages
bizarres, les insectes étranges, les oiseaux impos-
sibles, enfin la tasse *exactement semblable* à celle que
j'avais cassée, la tasse qui était le seul obstacle entre
miss Aurora et moi.

Elle était là, devant moi, tout près de moi, je
n'avais qu'à avancer la main pour saisir le bonheur ;
et, en effet, sans y penser, j'étendais la main vers

cette bienheureuse tasse que j'aurais payée d'un
royaume, si j'avais eu un royaume à donner.

« Vous trouvez mes tasses jolies? » me demanda
Chung-tso.

— Charmantes, » répondis-je d'une voix tremblante. Et sans ajouter un seul mot je me hâtai de
gagner la porte, en le saluant trois ou quatre fois
de suite de la façon la plus gauche, et je me sauvai
plutôt que je ne sortis.

Chung-tso se demande probablement, à l'heure qu'il est, si son ami Thomas Harrisson ne lui a pas envoyé un malheureux échappé de quelque maison d'aliénés, atteint de la folie de la porcelaine.

Pourquoi n'avais-je pas tout raconté à Chung-tso : mon amour pour miss Aurora et le motif de mon voyage en Chine? C'est un homme excellent, il m'aurait compris et il m'aurait donné la tasse. Rien n'était plus simple. Oui sans doute.... Et j'étais resté muet.... La surprise.... la joie.... Pauvres faibles créatures que nous sommes! Mais demain....

Je me jetai sur les coussins de mon palanquin, en proie à une agitation extrême. Comme je ne donnais aucun ordre, mes porteurs pensèrent que j'avais envie de me promener en chaise, sans dessein d'aller dans un endroit plutôt que dans un autre; ils me firent traverser à petits pas les quartiers qui leur plaisaient davantage, et qu'ils s'imaginaient sans doute, par cette raison, que je serais bien aise de voir. Mais je ne voyais rien, absorbé que j'étais dans ma pensée unique : la tasse à thé.

Au bout d'une heure, m'apercevant que ces braves gens marchaient toujours, je prononçai le mot *stop*

qui est compris de tous les peuples ; mes deux gail-
lards s'arrêtèrent. Je les payai et sortis de ma boîte :
nous étions sur le port.

Comment, quelques minutes plus tard, me trou-
vai-je assis dans ma tanka et descendant le Tigre ,
c'est ce que je serais bien embarrassé d'expliquer, à
moins que ce ne fût par le besoin de promener le
trouble de mon esprit en barque, après l'avoir pro-
mené en palanquin.

Nous passâmes devant le temple d'Honan dont le
fleuve bat presque le seuil ; je fis signe aux bateliers
d'aborder, et je pénétrai dans le sanctuaire où je

n'avais nulle envie d'entrer. « La bête, » dirait Xavier
de Maistre, « c'était la bête : » je crois bien que c'était
la bête, en effet.

Le jour baissait, l'obscurité envahissait le temple,
de grandes idoles terribles ou bizarres se dessinaient
vaguement dans l'ombre ; quelques dévots de Bouddha
priaient prosternés sur la pierre ; rien ne troublait le
silence.

Je demeurai debout, essayant de livrer mon âme
aux émotions religieuses ou poétiques qui, en toute
autre circonstance, m'auraient assailli ; mais l'idée
fixe ne me quittait pas, et bientôt, l'étrangeté
même du lieu, les ténèbres croissantes, le silence
profond, agissant sur mon imagination, il me sembla que les lampes qui descendaient de la voûte
prenaient la forme de tasses à thé, que les têtes
des Chinois en prière étaient autant de tasses à thé
renversées, et que les statues des divinités colossales pressaient d'énormes tasses à thé contre leur
poitrine.

Je sortis précipitamment du temple, car je crai-
gnais véritablement de devenir fou.

En remontant le Tigre, qui était un peu agité, je
me disais : Si Chung-tso était dans cette barque et

que le vent la fît chavirer, je sauverais Chung-tso, et, pour me prouver sa reconnaissance, il m'offrirait sa tasse à thé.

L'air frais du fleuve m'a un peu calmé, et c'est à peu près de sang-froid que j'écris ces lignes. Demain je parlerai.... Ma devise n'est-elle pas *Décision?* Demain la tasse sera à moi.

. . . .

Le 3 juillet 1860 est une mauvaise date dans ma vie. J'ai dîné ce soir chez Chung-tso : le dîner n'avait rien de chinois, il était excellent, et nous l'avons mangé à l'européenne, avec des fourchettes et des cuillers, — là n'est pas la chose douloureuse; — nous avons bu, au dessert, du vin de Champagne de la veuve Cliquot, comme on n'en boit qu'en Russie, — ce n'est pas là le terrible encore. — Le terrible, le voici : ce repas succulent et cet aimable vin m'avaient donné tout le courage nécessaire pour parler à cœur ouvert à mon hôte, lorsque Chung-tso, se levant de table, me dit :

« Allons voir mes tasses de porcelaine. »

Je ne me sentais pas de joie.

Nous entrâmes dans le petit salon. Quel moment!

La tasse était à sa place : je jurai dans mon cœur
qu'elle serait à moi.

Après un moment, pendant lequel Chung-tso crut
que je restais muet à force d'admiration :

« Que mon ami de Londres, me dit le digne négociant, daigne accepter un objet, sans valeur en lui-
même, mais qui lui rappellera son ami de Canton, et
qu'il veuille bien choisir, parmi ces pauvres tasses,
celle dans laquelle il lui plaira de boire son thé quand
les mers le sépareront de moi.

— Quoi ! lui dis-je, vous voulez.... »

Ma voix s'arrêta dans mon gosier, je sentis que je
devenais très-pâle.

« Je veux, répondit Chung-tso, que vous fassiez à
votre serviteur l'honneur de choisir une de ces tasses
à thé. Il en est une seule qui ne doit pas sortir de
cette maison.... »

Un frisson parcourut mon corps.

« .... C'est, continua le vieillard très-ému, celle
qu'approcha de ses lèvres, jusqu'à son dernier jour,
ma petite Leï-li, l'enfant de mon cœur, la félicité
suprême de ma vie, ma Leï-li, morte avant d'avoir
vu fleurir son quinzième printemps. Cette chère
tasse.... »

Chung-tso étendit lentement la main vers l'étagère.
Je m'appuyai contre le mur.

« Cette relique de la plus regrettée des filles.... »

La sueur perlait sur mon front.

« Ce trésor plus précieux pour moi que tous les
trésors du monde.....»

J'avais dans les oreilles comme le bruit de la mer
qui monte.

« Ce souvenir de tristesse ineffable et de joie infinie,
le voici... »

Et Chung-tso montrait la tasse sans laquelle je ne
veux pas retourner en Angleterre, sans laquelle je ne
puis pas être heureux.

Il me sembla que la terre manquait sous mes pieds;
mais Chung-tso pleurait, et rien ne trahit ce qui se
passait en moi.

Je serrai la main du vieillard, et, bien avant dans
la nuit, nous causâmes de la petite Leï-li.

A bord de la goëlette *la Fantaisie.*

Nous sommes en pleine Mer Jaune.

La Mer Jaune est jaune, en dépit d'un professeur
de l'université d'Oxford, qui m'affirmait que cela

5

n'était pas, par la raison que la Mer Noire n'est pas noire, et que la Mer Rouge n'est pas rouge.

Il y a treize jours que *la Fantaisie* a quitté le port de Canton. Le capitaine Lecoq a renouvelé sa cargaison et va tenter la fortune à Shang-haï. Le succès qu'ont eu jusqu'ici ses opérations l'a mis en belle humeur. Le soir, après son troisième verre de rhum, il chante de la voix la plus fausse qu'on ait jamais entendue dans la marine marchande européenne, deux ou trois couplets des chansons patriotiques de M. Béranger.

Je voudrais bien que le capitaine Lecoq n'eût pas fait d'aussi bonnes affaires.

Mon départ de Canton a été un chagrin véritable pour le vieux Chung-tso avec lequel je n'avais pas manqué de passer quelques heures chaque soir depuis le jour où nous avions dîné ensemble. En me disant adieu, le bonhomme avait les larmes aux yeux, et je n'oublierai jamais la façon dont il m'a serré la main.

Je n'ai pu me défendre d'accepter une cassette qu'il a remplie des plus charmantes chinoiseries dont jamais petite maîtresse ait rêvé d'orner son boudoir.

Mais, hélas ! elle est restée sur l'étagère de Chung-tso, la tasse devant laquelle toutes les porcelaines de la Chine et du Japon ne sont rien à mes yeux, celle dont la pareille n'existe peut-être pas dans tout l'empire du Fils du Ciel, celle dont la possession m'eût donné miss Aurora.

Ah! petite Leï-li! si chère à votre père, ne pouviez-vous boire votre thé dans une autre tasse?

. . . .

Nous avons essuyé de terribles ouragans dans le détroit de Formose, mais *la Fantaisie* a supporté le mieux du monde les assauts des vents et des flots. Le capitaine Lecoq était tout fier de son navire, et, au plus fort de la tempête, il me demandait d'un ton passablement goguenard :

« Eh bien! monsieur, pensez-vous qu'un bâtiment anglais s'en tirerait mieux que *la Fantaisie ?*

— Non vraiment, répondis-je, *la Fantaisie* est une brave goélette. »

Et le digne capitaine, pour me remercier de mon éloge, se mettait à siffler l'air de *Guerre aux tyrans !*

Le détroit de Formose est, dit-on, infesté par les pirates chinois; ces messieurs n'ont pas jugé à propos de nous couper la route; le mauvais temps les a sans doute empêchés de sortir.

. . . .

Nous avons passé ce matin devant Ning-po. Il
n'entrait point dans les projets du capitaine Lecoq
d'offrir aux habitants de Ning-po son opium et ses
étoffes : je n'ai vu ni les arcs de triomphe de granit
consacrés aux lauréats des concours littéraires, ni les
librairies célèbres dans tout l'Empire, ni la maison
sacrée dédiée à la déesse Ma-Taupa, et dont la porte
est gardée par des dragons et des monstres, ni la
pagode vieille de mille ans, du faîte de laquelle on
découvre un merveilleux panorama; et je ne saurai
probablement jamais au juste si les rues de Ning-po
sont, en effet, les plus belles qu'il y ait en Chine.

. . . .

Nous voici dans le Yang-tse-kiang.

Un pilote vient de monter à bord; sans lui nous aurions certainement échoué déjà sur un des innombrables bancs de sable qui défendent l'entrée de ce
grand vilain fleuve bourbeux.

Les bords du Yang-tse-kiang sont médiocrement
pittoresques; mais, comme ceux du Hoang-ho, ils pré-
sentent un spectacle varié fort attrayant, surtout après
une navigation de quinze jours pendant laquelle on n'a
guère vu que le ciel et l'eau.

Tantôt c'est une crique entourée de vastes maga-

sins construits sur pilotis, dans laquelle de petits
bateaux attendent les marchandises qu'ils doivent
emporter vers la mer ou vers l'intérieur du pays ;
tantôt c'est un pauvre village composé de quelques
cabanes grossièrement construites et grossièrement
peintes, devant lesquelles sèche une misérable loque
qu'une ménagère vient de laver ; ici, c'est la villa de
quelque négociant enrichi : les murs de la maison
brillent sous un vernis de laque, les tuiles du toit
sont dorées, des dessins de couleur gaie couvrent
les stores, et sur le balcon à jour, garni de potiches
colossales, le maître du logis prend le frais avec un
ami, et cause du prix de la soie, du coton ou de l'in-
digo ; plus loin, c'est une métairie à demi cachée par
des arbres fruitiers et des plantes grimpantes ; le mé-
tayer qui sarcle ou qui bêche interrompt un moment
son travail pour nous regarder passer, et sa femme,
dans la pénombre de la fenêtre, nous suit longtemps
des yeux.

Voici une ville, c'est Woo-sung, une des grandes
bouches par lesquelles la Chine absorbe l'opium, ce
doux poison qui procure à mes compatriotes de si
beaux bénéfices, et mène, par un chemin si agréable,
les bons Chinois à la décrépitude, à l'abrutissement

et à la mort, fin de tous les maux. Il entre à Woo-sung de mille à douze cents caisses d'opium par mois; chaque année, la proportion va croissant, et il y a tout lieu d'espérer que dans un demi-siècle, il n'y aura plus un Chinois dans tout l'empire qui ne se fasse un plaisir de s'empoisonner pour augmenter notre bien-être.

Nous ne sommes plus qu'à douze milles de Shang-haï, et notre goëlette avance lentement à travers les jonques chargées de riz, les navires marchands anglais et américains, les barques de mendiants voyageurs et les longs bateaux débouchant des canaux qui arrosent les champs qui commencent à verdir.

Après avoir suivi pendant une heure les innombrables méandres de la rivière, nous apercevons enfin la grande cité commerçante, tout embrasée des feux du soleil couchant.

Shang-haï.

Dès le lendemain de mon arrivée à Shang-haï, je suis allé voir le cousin de Tien-Hué, le tailleur de Singapore, qui m'a fait un si beau gilet.

Lao-Pé est l'écrivain public de Shang-haï le plus à la mode.

Cinq ou six personnes attendaient à sa porte qu'il eût le loisir de leur donner audience.

Lui, cependant, assis devant une table chargée de godets remplis d'encre délayée, de pinceaux et de papier de différentes couleurs, écoutait gravement,

une jeune fille assez jolie qui lui donnait, je suppose, le thème de quelque billet doux, et le priait sans doute d'orner l'expression de sa flamme de toutes les fleurs de la rhétorique amoureuse.

J'avais pris mon rang et j'attendais patiemment depuis dix minutes environ, lorsqu'un garçon d'une quinzaine d'années, qui ressemblait prodigieusement à un singe, et n'en avait pas l'air plus sot, sortit de la boutique. Je lui montrai ma lettre d'introduction, et lui fis signe qu'elle était pour l'honorable Lao-Pé. L'enfant la prit, et, rentrant aussitôt dans la boutique, la remit au lettré.

Celui-ci, après l'avoir lue, dit quelques mots à la jeune Chinoise, se leva de son fauteuil de canne avec tant de précipitation qu'il faillit renverser sa table, et vint à moi en me prodiguant les plus humble *tchin-tchin*, auxquels je répondis du mieux que je pus.

Ensuite il m'adressa un compliment auquel je prêtai l'attention recueillie et reconnaissante que la politesse exigeait.

Quand il eut achevé, le jeune garçon qui se tenait à côté de lui s'inclina jusqu'à terre, et, d'une voix qui avait avec la crécelle une singulière analogie :

« Mon grand-père, me dit-il très-couramment en anglais, remercie le Ciel qui, malgré son indignité, veut bien réjouir l'hiver de sa vie par la venue d'un hôte qui est autant au-dessus des hommes ordinaires que l'orme est au-dessus de la plante de riz; la vue

de son aîné lui est plus douce que celle de la lune et
plus réchauffante que celle du soleil ; et si son aîné
consent à franchir le seuil de sa misérable maison,
toutes les fleurs de la félicité parfaite s'épanouiront
dans le cœur de Lao-Pé. »

Je répondis :

« L'accueil du vénérable Lao-Pé, illustre entre tous
les lettrés, ravit mon âme de la joie la plus pure :
l'aspect de son visage a plus de charme pour mes yeux
que celui du ciel au lever de l'aurore ; le son de ses
paroles est plus agréable à mes oreilles que la pluie
tombant sur la mousse après une brûlante journée

d'été ; le désir d'entrer dans sa demeure hospitalière me consume comme la flamme consume la torche : mais je ne veux pas encourir la haine de ceux qui assiégent sa porte en retardant le fortuné moment où ils pourront profiter pour eux-mêmes des talents prodigieux dont les dieux se sont plu à orner mon aîné. Je reviendrai le visiter ce soir, alors qu'il pourra perdre quelque temps avec son cadet, sans trop de dommage pour ses concitoyens. »

Cette phrase, débitée tout d'une haleine et traduite par le petit Chinois à face de singe, parut transporter d'aise l'honnête écrivain. Ses yeux brillaient de plaisir, malgré tous les efforts qu'il faisait pour paraître confus. Il m'accabla de civilités nouvelles pendant un bon quart d'heure; puis soudain, prenant un air désolé, il me parla d'une voix triste et presque suppliante. Il m'exprimait évidemment le regret qu'il avait de la résolution où j'étais de ne pas entrer chez lui pour le moment, et s'efforçait de me retenir. Mais, à la grande satisfaction des clients de Lao-Pé, qui commençaient à me regarder de travers, je fis un mouvement de retraite et me mis à marcher à reculons en multipliant les *tchin-tchin*, les sourires et les inclinations de tête. Cependant comme, à mesure que je reculais, mon homme se croyait obligé d'avancer par politesse, je ne trouvai d'autre moyen pour en finir, que de poser les deux mains sur ses épaules et de le clouer sur place. Lao-Pé se décida à me rendre ma liberté ; mais il ne voulut pas me laisser partir sans avoir attaché à ma personne le jeune Tsia, son petit-fils, en qualité d'interprète et de *cicerone*.

Ce petit bonhomme voulut me faire voir je ne sais combien de pagodes et de palais, dont il me vantait les magnificences ; mais j'étais venu en Chine pour tout autre chose, et je priai Tsia de me mener dans le magasin de porcelaine le mieux approvisionné de la ville.

Le marchand était un gros homme dont le ventre faisait honte à celui de ses plus majestueuses potiches. Je lui montrai les morceaux de la tasse cassée que je portais toujours sur moi, et Tsia lui expliqua ce que je voulais. Il répondit qu'il n'avait pas de tasse semblable à celle-là, mais que s'il s'en trouvait une seule dans Shang-haï, elle serait dans son magasin le lendemain à pareille heure.

J'assurai le gros marchand que, s'il découvrait ce que je cherchais, je ne chicanerais pas sur le prix, et, pour lui prouver qu'il pouvait compter sur ma parole, je lui achetai tout un service à thé, que je payai sans mot dire six fois au moins ce qu'il valait, malgré les clignements d'yeux et les gestes très-significatifs de Tsia.

Shang-haï était singulièrement alarmé et agité ce matin-là.

Des courriers avaient apporté la nouvelle de récentes victoires remportées par les rebelles; leurs avant-postes n'étaient plus, disait-on, qu'à douze ou quinze milles de Shang-haï.

Aussi ne voyait-on, dans les rues, que mandarins effarés marchant d'un pas rapide, tout tremblants et tout pâles, riches négociants émigrant avec leurs meubles, leurs marchandises et leurs trésors, gens à mine consternée ou suspecte, lisant et commentant les manifestes des généraux taë-pings, que des partisans secrets des rebelles avaient affichés pendant la nuit, et qui appelaient les habitants à la révolte.

Une troupe assez nombreuse, mais quelque peu en désarroi, précédant un fort beau palanquin, nous barra le passage.

« Qu'est-ce que cela? demandai-je à Tsia.

— C'est le gouverneur militaire qui vient de sol-

liciter des consuls anglais, français et américain,
l'appui des étrangers contre les rebelles, me répondit l'enfant après avoir questionné un barbier ambulant.

« Ce pauvre Tao-taï, ajouta Tsia, n'a pas eu beaucoup de bons moments depuis quelques mois. »

Une autre troupe escortant un autre palanquin
croisa la première.

Quand les deux palanquins furent bord à bord,
comme aurait dit un marin, les porteurs s'arrêtèrent,
les rideaux s'ouvrirent en même temps, et une tête
sortit de chaque portière.

Le gouverneur militaire et le gouverneur civil, —
car c'était le gouverneur civil en personne que renfermait le second palanquin, — échangèrent quelques
paroles, puis les deux têtes se retirèrent vivement,
les rideaux se fermèrent et les porteurs reprirent leur
marche.

Je n'avais pas eu le temps de distinguer les traits
de ces deux grands personnages, mais j'eus bientôt
le plaisir de considérer tout à loisir leur auguste visage chez le plus habile peintre de Shang-haï, qui
est un des amis de Lao-Pé, et auquel le petit Tsia me
fit l'honneur de me présenter.

Les images de LL. EExc. le gouverneur militaire et le gouverneur civil me parurent celles de gens extraordinairement et désagréablement préoccupés, et je fus tenté d'écrire au-dessous de chacun de ces portraits : *Fonctionnaire s'attendant à être destitué.*

Nous sommes entrés dans le jardin d'un mandarin auquel Tsia sert quelquefois de secrétaire.

Ah! les jolies petites pelouses! les jolis petits sentiers! les jolis petits rochers! les jolies petites grottes! les jolis petits arbres taillés en forme de petits lions, de petits tigres et de petits dragons! ah! les jolis petits poissons rouges dans les jolis petits bassins bleus, ornés de jolis petits pots de fleurs roses! Comme tout cela est ratissé, peigné, frotté, verni, luisant, pimpant et coquet!

Le jardin du Thé, où me conduisit ensuite mon jeune guide, est en quelque sorte le Wauxhall de Shang-haï. Les Chinois viennent y admirer l'agilité des saltimbanques, et s'y pâmer d'aise aux accords du you-kam, du ta-tong, du yung et du sam-sou. Mais, ce jour-là, les habitants de Shang-haï songeaient à tout autre chose qu'à la musique, aux sauts périlleux et aux tours d'escamotage; les baladins et les joueurs d'instruments, désespérant de la recette, avaient jugé à propos de réserver leurs talents pour des temps meilleurs, et je ne vis, dans le jardin du Thé, qu'un homme qui pêchait à la ligne sous un pont, et un Français qui le photographiait.

Le pêcheur à la ligne me parut être le symbole vivant de l'indifférence philosophique.

Le Français avait une figure spirituelle et tout à fait sympathique; je m'approchai de lui en le saluant.

« *Your servant, Sir,* me dit-il en me rendant mon salut, *do you speak french!*

— Un peu, répondis-je.

— Ah! fort bien! permettez-moi de me présenter moi-même : je m'appelle Legrand. — Comme tous les Européens qui habitent Shang-haï, je suis négociant; dans mes moments perdus je joue du violon, je modèle des statuettes, je collectionne des curiosités, et je fais de la photographie.

— Et moi, lui dis-je, je suis sir Edmund Broomley, et je voyage en Chine pour mon plaisir. »

Ceci n'était pas absolument vrai, mais le moyen d'avouer à un homme que l'on voit pour la première fois qu'on a fait six mille lieues pour chercher une tasse à thé?

« Vous êtes venu ici pour votre plaisir, reprit

M. Legrand, vous avez eu raison. La Chine est un
pays charmant et amusant au possible. Je veux doter
le monde d'une Chine stéréoscopique qui tiendra tout
entière dans une poche de dimension ordinaire ; mais
mon entreprise présente quelques dangers.

— Des dangers ?

— Sans doute. Tous les fils de la Terre des Fleurs
ne se laissent pas aussi complaisamment photogra-

phier que cet honnête pêcheur à la ligne. A Ning-
po, les habitants ont pris le cylindre de mon objectif
pour un canon ; ils se sont imaginé que je venais
les détruire, à moi tout seul, et ils m'ont lapidé.

Mais je me suis bien vengé d'eux sur les mandarins de Shang-haï.

— Comment cela? demandai-je.

— Un de mes amis m'avait envoyé, pour les placer en Chine, douze douzaines de certains instruments que vous ne connaissez pas, vous autres Anglais, qui n'existaient pas du temps de M. Argant, — vous savez, M. Argant de Molière, — et que le digne malade aurait prisés à leur juste valeur... Allons! cher monsieur, ne rougissez pas, je ne préciserai pas davantage...

« Oh! oh! me dis-je, en voyant arriver cette cargaison, mon ami s'est trompé; ceci n'est pas de défaite dans le Céleste-Empire, il faudrait avant tout convaincre les Chinois de l'excellence de la médication par les émollients; ce serait trop long, je renverrai ces inutilités en France à la première occasion. » Et, en attendant, je serrai cent quarante-trois de ces petits meubles dans mes armoires; la place manqua au cent quarante-quatrième qui resta dans ma salle à manger.

— Dans votre salle à manger?

— Oui, cela manquait d'à-propos, mais ce fut un heureux hasard. »

A quelque temps de là j'avais à dîner trois mandarins : un bouton blanc, un bouton bleu et un bouton
rouge.

Les illustres personnages fêtèrent copieusement les
vins de France, et au dessert ,ils étaient extrêmement
gais.

Un d'eux aperçut dans un coin l'objet que je conti-
nuerai à ne pas nommer.

« Qu'est-ce que ceci ? » me demanda-t-il.

Une idée soudaine m'illumina.

« Ceci ? dis-je, vous allez voir. »

Je me levai, je pris l'inexprimable, je le posai sur
la table et j'y versai une bouteille de champagne :

puis, j'appuyai sur un ressort, et le vin jaillit avec force, et retomba en moussant et en petillant dans les verres que mes convives tendirent avec des hurrahs et des trépignements d'enthousiasme.

Huit jours plus tard les cent quarante-quatre petits meubles de mon ami étaient placés dans les meilleures maisons de la ville.

Un lettré a inventé, pour les désigner, une périphase qui signifie littéralement : le petit temple merveilleux de la parfaite liqueur jaillissante.

Voilà comment les mandarins de Shang-haï m'ont vengé des habitants de Ning-po.

« Mon pêcheur à la ligne est fixé, vous plaît-il de venir vous reposer un moment chez moi ?

— Très-volontiers, » répondis-je.

M. Legrand me fit, avec une courtoisie et une bonne humeur charmante, les honneurs de chez lui; il me montra sa Chine de poche, et lorsque je le quittai, au bout d'une heure, je connaissais sur le bout du doigt les curiosités de Sang-haï et des environs; j'avais même contemplé dans tous ses détails, ce fameux monument élevé à Ning-po en l'honneur de la déesse Ma - Taupa, et que je regrettais si fort de n'avoir pas vu.

Je fis présent à mon affreux et spirituel petit *cice-rone* d'un stéréoscope qu'il reçut avec des démonstra-tions de joie indescriptibles et des grimaces de recon-naissance qui l'enlaidirent encore, ce que j'aurais cru impossible. Lorsque nous nous séparâmes, Tsia m'était tout dévoué, et se serait jeté au feu pour moi.

Le soir venu, je me rendis en grande cérémonie chez Lao-Pé. L'écrivain me reçut avec toutes sortes de marques d'estime et de respect dans sa maison qui est tout à fait confortable, et nous causâmes long-temps, en prenant le thé, de l'avenir des belles-lettres en Chine.

Ce matin je suis allé prendre chez son grand-père

mon jeune ami Tsia. Je l'ai trouvé ajustant avec beaucoup d'adresse sur de petites lames de bambou une
feuille de papier découpée sur laquelle était peint une
espèce de monstre à tête d'homme, qui ouvrait une
bouche énorme, et dont les gros yeux ronds lançaient
des regards épouvantables. Le coloris n'était pas
moins féroce que le dessin.

« Que faites-vous-là, demandai-je à Tsia ?

— Un cerf-volant, me répondit-il.

— Et quelle est cette figure terrible ?

— Celle de Han-sin.

— Han-sin, qu'est-ce que Han-sin ? »

Et en faisant cette question, j'étais quelque peu
honteux de mon ignorance.

« Vous ne connaissez pas Han-sin ? »

Tsia prononça ces mots avec un air d'étonnement
profond et presque dédaigneux.

« Non, je le confesse, balbutiai-je en rougissant.

— Han-sin était un général fameux qui vivait il y
a deux mille ans, et qui inventa le cerf-volant.

— Quoi ! le cerf-volant est de l'invention d'un
général ?

— Mais oui. Han-sin assiégeait une cité rebelle ; il
avait résolu de creuser un souterrain et d'arriver par

ce chemin caché au milieu même de la ville. Pour
connaître la distance qui séparait ce point de son
camp, il imagina d'attacher à une cordelette une
feuille de papier montée sur des tiges de bambou;
puis, profitant d'un vent favorable, il laissa filer la
cordelette aussi longtemps que, d'après son calcul, il
le jugea nécessaire. Ensuite il attendit. Bientôt, le
vent s'étant apaisé, la légère machine tomba précisé-
ment à l'endroit qu'il voulait. Il la ramena à lui, et
par la longueur du fil, connut la longueur qu'il fallait
donner à son souterrain. La ville fut prise et le cerf-
volant était inventé.

— Con-fu-tzée a écrit : « Des méditations de l'âge
mûr naissent les jeux de l'enfance, » dis-je sentencieu-
sement. »

Je n'étais pas bien sûr que Con-fu-tzée eût écrit
cela; mais il a fait tant d'apophthegmes dans sa vie,
qu'il serait bien extraordinaire qu'il n'eût pas fait
celui-là.

« Con-fu-tzée est le plus sage des hommes que le
ciel ait jamais prêté à la terre, dit mon petit singe
avec un sérieux qui m'amusa infiniment.

— Connaissez-vous quelques-uns de ses ouvrages,
lui demandai-je?

— Après avoir étudié le Seaou-yo et le livre des devoirs filiaux, comme tous les enfants nés de parents instruits, me répondit Tsia, j'ai lu les quatre livres classiques : un d'eux, le Lun-ya, est le recueil des pensées du grand Con-fu-tzée. En ce moment mon grand-père m'explique un autre de ses écrits : le *Printemps et l'Automne*, qui est au nombre des cinq livres canoniques. Il n'est pas moins intéressant que le Chi-kin et le Li-ki.

— Je vois, mon cher Tsia, dis-je à ce jeune savant, que si vous aimez le petit palet, les boules et le cerf-volant, vous n'aimez pas moins l'étude.

— Je veux être un lettré, dit l'enfant avec orgueil.

— A la bonne heure; et quand vous présenterez-vous aux examens ?

— Pas avant d'avoir expliqué l'Ouan-yen-yu, la Ming-sing-pao-kien, la Tao--teking, le Kan-ing-pien, le Tong-kien-kan-mou et le Ping-an-hoon-chouen.

— Grands dieux! m'écriai-je épouvanté de cette énumération, il faut avoir lu tout cela pour obtenir les premiers grades ?

— Cela est indispensable. Dans trois ou quatre ans je serai bachelier. Avez-vous aussi des lettrés et des poëtes en Angleterre ?

— Oui sans doute.

— Des bacheliers et des licenciés?

— Et des docteurs aussi.

— Des docteurs aussi! Des diables rouges docteurs, est-ce possible? »

Et Tsia frappa dans ses deux mains, comme s'il avait entendu la chose la plus surprenante du monde.

« Que savent vos docteurs? me demanda-t-il.

— A peu près tout excepté le chinois. »

Cette fois Tsia ne donna pas le moindre signe d'étonnement; seulement il me regarda d'un air qui signifiait clairement : des docteurs qui ne savent pas le chinois, fort bien, je comprends, vous vous moquez de moi; mais je ne suis pas un sot et j'entends la plaisanterie.

.   .   .   .

Quel événement extraordinaire! N'est-ce point un rêve? N'aurais-je pas, sans m'en apercevoir, fumé de l'opium? Est-il bien vrai que je le possède, ce trésor si ardemment souhaité, et ne suis-je plus séparé du bonheur que par quelques milliers de lieues et deux ou trois mois d'attente? Oh! miss Aurora! miss Aurora! est-ce possible?

Avant-hier, je retournai chez le marchand de porcelaine; ses recherches avaient été inutiles. « Soyez
certain, me dit-il, que ce que vous cherchez n'existe
pas à Shang-haï.

— Ne pourrait-on pas, lui demandai-je, fabriquer
une tasse exactement semblable à celle dont voici les
morceaux?

— Non, me répondit-il, c'était une pièce de vieux
chine d'un émail particulier dont le secret est perdu. »

J'allai immédiatement retenir une place sur un navire à vapeur qui devait partir le lendemain pour le
golfe de Petchili, et je fis mes adieux au capitaine
Lecoq qui me souhaita un bon voyage d'une voix où
j'aimerai toujours à me figurer qu'il y avait un peu
d'émotion.

Le soir, je me promenais sur le quai en m'aban-
donnant à des pensées assez mélancoliques, lorsqu'un
homme à la physionomie franche et honnête, étendant
la main vers une jolie barque, me regarda d'une
façon qui signifiait visiblement : Monsieur veut-il
faire une promenade sur l'eau?

J'inclinai la tête affirmativement : ne réfléchit-on
pas aussi bien et mieux encore en bateau que sur ses
jambes?

J'entrai dans la barque : l'homme s'assit au gouvernail; deux rameurs appuyèrent sur les avirons, et nous descendîmes doucement le fleuve.

La soirée était d'une sérénité admirable. Pauvres cabanes dont le pied trempait dans la fange, élégants pavillons de plaisance qui sortaient des flots et y reflétaient les angles retroussés de leur double toit, pagodes à sept ou huit étages qui semblaient vouloir s'élancer jusqu'au ciel, grosses jonques aux flancs rebondis, yoles effilées et rapides glissant comme la nôtre silencieusement sur l'eau tranquille, arbres du rivage, champs de riz, vergers, grèves arides, tout empruntait à la blanche clarté de la lune une grâce, une beauté, un charme inexprimables.

Peu à peu mes réflexions cessèrent d'être amères, et mon esprit, comme bercé par la brise qui soufflait doucement, flotta libre de tout lien gênant dans une région vague, mystérieuse et poétique où il se trouvait à merveille. Je suis certain que je ne dormais pas; mais je ne veillais pas, à coup sûr, comme il faut veiller pour discuter les clauses d'un bail avec un fermier, ou pour apprécier sainement la question du libre échange ou de la réforme électorale. Combien

dura cet état singulier qui aurait été un sujet de méditations sans fin pour un disciple de Fichte ou de
Hegel? je ne saurais le dire.

Un cri rauque et sauvage m'en tira brusquement :
c'était un cormoran qui traversait le fleuve.

Rejeté par ce seul cri dans la réalité, je m'a-
perçus que nous avions fait beaucoup de chemin.
Nous avions passé Woo-sung, et notre barque glissait entre les bancs de sable qui obstruent l'em-
bouchure du Yang-tse-kiang. Les matelots, qui
avaient ramé assez mollement d'abord, semblaient
disputer maintenant le prix de la course à une barque invisible.

Cela me surprit un peu. Je regardai le patron.

Une expression de ruse et d'audace avait remplacé
l'air de bonhomie qui m'avait séduit en lui.

Je regardai les deux rameurs.

Lavater se fût certainement écrié, au premier coup
d'œil jeté sur ces deux têtes basses et féroces : « Bons
à pendre. »

Le fleuve était désert.

Je sentis un petit frisson à la racine des cheveux,
et mon cœur battit deux ou trois fois plus vite et plus
fort qu'il n'était convenable.

Je fis un geste qui, dans tous les pays du monde, voulait dire : « Retournez en arrière. »

Le patron sourit désagréablement et n'imprima pas le moindre mouvement au gouvernail ; quant aux deux rameurs, ils appuyèrent davantage sur les avirons : la barque vola sur les flots.

« Stop ! » criai-je d'une voix brève.

Le patron regarda ses deux matelots d'une certaine manière ; ceux-ci quittèrent leurs rames, se précipitèrent sur moi, tirèrent de leurs vêtements des cordes et des menottes, me garrottèrent les pieds et les mains, me bâillonnèrent et me couchèrent au fond de la barque. Tout cela ne dura pas plus d'une minute. Évidemment, ces gens-là venaient de se livrer à une occupation qui leur était familière.

Comme je témoignais mon mécontentement en frappant de mes deux pieds liés le fond de la barque, le patron quitta la barre, se pencha vers moi, et fit étinceler sous mes yeux, au clair de lune, un poignard dont le manche était fort curieusement ciselé et la lame prodigieusement pointue.

En toute autre circonstance j'aurais eu infiniment de plaisir à voir d'aussi près une si jolie arme, mais je n'en eus guère en ce moment-là, je l'avoue. Je

Ils me garrottèrent les pieds et les mains.

compris qu'il ne fallait pas contrarier un homme qui avait le moyen de faire taire très-promptement la contradiction, et je demeurai aussi tranquille qu'un enfant auquel sa mère a promis du bonbon s'il est bien sage.

Il m'aurait été extrêmement agréable de dormir; mais le sommeil me tint absolument rigueur, et, par je ne sais quelle inexplicable fantaisie de mon imagination, pendant toute la nuit, qui me parut très-longue, j'eus sans cesse devant les yeux, au lieu des rives du Yang-tse-kiang, un petit salon simplement et élégamment meublé de Hanover square, une cheminée où brûlait un bon feu; à droite de la cheminée, un digne gentleman qui lisait le *Times;* à gauche, une bonne dame qui tricotait; au milieu du salon, près d'une table recouverte d'un tapis, une jeune fille blonde et souriante qui versait gracieusement du thé dans des tasses de Chine, et à deux pas d'elle, sur une chaise en satin vert, un homme de trente-deux ans qui la regardait avec des yeux pleins de tendresse. Ce qu'il y avait de pis, c'est que cette vision obstinée me donnait une envie de pleurer que j'avais toutes les peines du monde à surmonter.

Le soleil se leva.

Ce fut, je crois, le plus magnifique lever du soleil que j'eusse vu de ma vie, et pourtant, je dois le dire, j'aurai préféré à ce sublime spectacle sur le Fleuve Bleu le plus épais brouillard sur la Tamise.

Le bandit qui était à la barre ne me laissa pas, du reste, jouir longtemps des beautés de la nature; il jeta sur moi une pièce d'étoffe grossière qui me couvrit des pieds à la tête. Il jugeait sans doute à propos d'éviter les regards indiscrets, en cas de rencontre.

Je me résignai très-philosophiquement à étouffer, en songeant qu'il ne tenait qu'à ce diable d'homme de me couper la respiration d'une façon plus désagréable encore.

Combien de temps étouffai-je? je ne saurais le dire au juste, mais il me sembla qu'il pouvait bien y avoir trois ou quatre heures, lorsque je me sentis rudement enlevé. Un instant après, on me déposa à terre comme un paquet qui mérite de médiocres égards. Au bout de quelques minutes, n'entendant aucun bruit, je me hasardai à écarter ma couverture.

Le lieu où je me trouvais était fort sombre; je me tournai avec beaucoup d'efforts vers une petite ouver-

ture par laquelle entrait un rayon de jour, et, après
m'être dressé avec peine sur mes genoux, je décou-
vris, aussi loin que ma vue pouvait porter, la mer
scintillante des feux du midi.

J'étais dans l'enrte-pont d'une jonque de belle
taille, et, selon toute apparence, d'une jonque de
pirates.

Ma position était évidemment mauvaise; d'affreux
tiraillements d'estomac ne tardèrent pas à la rendre
cruelle. « Va-t-on me laisser mourir de faim ici? »
me dis-je. Cette pensée me troubla au point que je
n'y puis songer maintenant sans rougir de honte.
Quel être pusillanime est l'homme!

Un joli sloop, au pavillon anglais, vint à passer à
cent brasses de la jonque; je me fis de mes deux
mains un porte-voix, et je me mis à crier de toutes
mes forces :

« A moi, frères, à moi! »

Le sloop continua gracieusement sa route.

D'autres bâtiments passèrent plus près encore :
chaque fois je criai et toujours en vain.

Désespéré, je me laissai retomber sur le plancher
de ma prison; Dieu prit ma faiblesse en pitié, et je
m'endormis.

7

Mon sommeil fut profond et sans rêves.

Lorsque je m'éveillai, ce n'était plus le soleil éblouissant, mais la pâle et mélancolique lune, qui éclairait les flots.

Je regardai la mer; pendant quelques instants j'éprouvai, à la voir si paisible et si brillante, une aussi douce et aussi poétique volupté qu'à aucun autre moment de ma vie; la mémoire ne m'était pas revenue encore; mais soudain une furieuse crampe d'estomac rompit le charme et me remit brusquement en face de la terrible vérité.

Il y avait une heure peut-être que j'essayais, sans beaucoup de succès, de la considérer avec fermeté, lorsque des pas se firent entendre; je tressaillis; les pas se rapprochèrent; on entra dans mon cachot que la nuit avait complétement envahi, et quatre bras me saisirent.

C'étaient ceux de deux hommes robustes qui m'emportèrent comme ils eussent fait d'un enfant.

Ils franchirent lestement malgré leur fardeau un escalier très-roide à coup sûr: je le compris à l'inclinaison de mon individu, tandis que les deux hercules montaient les degrés.

L'escalier conduisait sur le pont de la jonque, et

ce fut avec délices que j'aspirai l'air frais du soir et que mes regards plongèrent dans l'azur étoilé.

Presque aussitôt un rideau qui fermait une sorte de pavillon à la poupe du bâtiment s'écarta ; mes porteurs, qui n'étaient autres que les coquins de rameurs de la petite barque, me couchèrent doucement sur un tapis fort moelleux, et, cela fait, se placèrent l'un à ma droite, l'autre à ma gauche.

Jamais surprise ne fut égale à la mienne, et il eût fallu vraiment être un grand philosophe pour se souvenir, en cette occasion, du précepte du poëte et ne pas éprouver quelque étonnement.

J'étais dans le plus ravissant boudoir que puisse se figurer une coquette parisienne dans ses rêves les plus ambitieux.

Ce délicieux réduit était tendu d'une étoffe brochée d'or et d'argent ; un lustre de cristal de la forme la plus élégante était suspendu au plafond, la flamme de ses vingt bougies se reflétait dans six miroirs de Venise, merveilleusement encadrés, et tombait, glissait, rejaillissait sur des verres de Bohème, des émaux et des vases de Chine, des coupes de jade, des faïences et des mosaïques italiennes, des colliers de perles, des bracelets de pierreries, des armes précieuses, trésors de

tous les pays et de toutes les époques, jetés presque
au hasard sur de grandes étagères en laque du
Japon.

C'était bien sur une jonque de pirates que je me
trouvais : ce pavillon dont le monde entier avait
fourni le luxe m'ôta toute incertitude.

.Un homme de cinquante ans et une jeune femme
de vingt ans à peine étaient assis devant une table

en marqueterie et prenaient du thé. Des pommettes
prodigieusement saillantes, de grande oreilles plates,
au lobe démesurément allongé, une bouche formidable et sans lèvres, sous un nez presque imperceptible, faisaient de l'homme le plus laid Chinois qu'on

eût pu vraisemblablement rencontrer de Canton jusqu'à Pékin. Ce monstre, en outre était borgne; l'œil
ouvert, gris et profondément enfoncé dans l'orbite,
que surmontait un sourcil hérissé, brillait d'un éclat
farouche. Jamais pirate n'eut mieux le physique de
l'emploi, comme on dit en France. Le bandit était
magnifiquement vêtu d'une veste de brocart d'or et
d'un pantalon de soie rouge cerise; un sabre turc,
digne d'un grand vizir, pendait à sa ceinture, dans
laquelle étaient passés deux longs pistolets damas-
quinés.

La jeune femme eût été partout admirée; le type
chinois était, en elle, tout à fait charmant, et les
poëtes du Céleste-Empire se seraient trouvés à court
de métaphores pour célébrer ses perfections; mais,
chose singulière, le regard de cette ravissante créa-
ture aux traits presque enfantins était glacial et presque sinistre.

Elle était parée comme une idole : à chacun des
doigts effilés de sa petite main il y avait la fortune
d'une famille, et son col gracieux semblait ployer
sous le poids de colliers que lui eussent enviés des
princesses.

Derrière le pirate et l'étrange fille se tenait, debout,

le matelot dont l'honnête physionomie m'avait inspiré tant de confiance.

Sur un signe du maître, les deux hommes qui m'avaient apporté me fouillèrent, et déposèrent sur la table à thé ma bourse, ma montre, le portrait en miniature, enrichi de brillants, de miss Aurora et mon portefeuille garni d'un nombre respectable de bank-notes que m'avait remises, la veille au soir, un banquier de Shang-haï chez qui j'avais une lettre de crédit. L'homme de la barque, qui cherchait aventure, m'avait sans doute vu sortir des bureaux de la banque. Il avait pensé que je pouvais être une assez bonne prise, et c'est alors qu'il m'avait invité à faire cette promenade sur l'eau que j'allais probablement payer un peu cher.

Le portrait excita très-vivement la curiosité de la jeune fille; elle fixa ses yeux cruels sur les traits si doux de ma fiancée, et sourit d'un méchant sourire.

Cependant le pirate comptait les bank-notes avec soin.

Lorsqu'il eut fini, une expression de satisfaction se peignit sur sa laide face et la rendit plus laide encore. Il se pencha vers sa compagne et lui parla bas : celle-ci inclina nonchalamment la tête.

C'était la tasse.

Alors il donna un ordre; un des rameurs sortit et
rentra bientôt après, portant un gros boulet.

Cet homme s'agenouilla près de moi et attacha le
boulet à mes pieds.

Je compris tout de suite : on m'avait dépouillé ; je
n'étais plus bon à rien; on allait me jeter à la mer.
J'aurais je crois préféré, à ce moment-là, être condamné à mourir de faim. Qui se chargera d'expliquer
les bizarreries et les contradictions de l'âme humaine?

Sa besogne faite, le bandit se releva et adressa
humblement la parole au pirate : il lui demandait,
sans doute, ses derniers ordres. Avant de lui répondre, le monstre prit la tasse de thé qui était devant
lui et la porta lentement à ses lèvres.

Je le regardais comme regarde un homme dont la
pensée est ailleurs, lorsque tout à coup je poussai un
cri, le sang me monta au visage, je me penchai brusquement en avant et je tentai machinalement de briser mes liens : la tasse dans laquelle le brigand allait
boire, c'était celle que j'étais venu chercher en Chine
et qui me coûtait la vie ; je l'avais reconnue, c'était
elle, j'en étais sûr.

En entendant l'exclamation que je n'avais pu retenir, le pirate leva la tête, me lança un regard plein de

colère, et fit de la main un geste qui voulait dire :
« Emportez cet homme ! »

Les deux coquins s'apprêtèrent à obéir; déjà ils
m'avaient saisi, quand soudain la portière du pavillon s'écarta brusquement, un matelot parut sur le
seuil, la figure bouleversée, prononça quelques mots
d'une voix brève et passablement émue.

Le pirate bondit, arracha ses pistolets de sa ceinture, les arma et s'élança hors du pavillon.

Le patron de la barque courut sur ses pas; ses
deux compagnons me laissèrent retomber sur
le tapis et le suivirent; je demeurai seul avec la
jeune fille, qui était devenue fort pâle et dont les
lèvres se serraient.

Pendant quelques instants je n'entendis que le
bruit de pas rapides sur le pont; puis, une clameur
sauvage éclata, suivie d'un cliquetis de fer et de cinq
ou six coups de pistolets.

On se battait sur le pont.

Bientôt le tumulte s'apaisa, et un enseigne de la
marine française entra, tenant d'une main un révol-
ver, de l'autre, un sabre. La jeune Chinoise se mit
à trembler de tous ses membres, le marin la rassura
du geste, et se pencha vers moi.

« Eh quoi ! c'est vous, sir Edmund ? s'écria-t-il.

— C'est bien moi, monsieur Bernard, répondis-je,
— j'avais reconnu l'ami de M. Harrisson, — c'est bien
moi, et vous arrivez fort à propos, on ne peut plus
à propos vraiment : une minute plus tard, j'étais au

fond de la Mer Jaune avec ce boulet au pied, qui,
très-probablement, m'aurait empêché à tout jamais
de remonter à la surface.

— Mais comment se fait-il que je vous rencontre
sur une jonque de pirates ?

— J'ai eu la simplicité d'aller me promener en mer

avec des gens que je ne connaissais pas, et ils m'ont amené ici pour me voler et me noyer ensuite, voilà tout. Et vous, cher monsieur, comment venez-vous si à point me tirer des griffes de ces démons?

— L'amiral a envoyé, il y a quelques jours, une flottille afin de donner une leçon à messieurs les forbans; ma bonne étoile a voulu que je fusse de l'expédition. Nous avons quelque peu mitraillé ces coquins dans les parages de Chuzan, et capturé bon nombre de leurs bâtiments qu'ils ont abandonnés. Je retournais tranquillement à Shang-haï sur le brick dont j'avais pris le commandement au départ, et qui marche à l'avant-garde, lorsque nous avons aperçu cette jonque. J'ai eu la curiosité de la visiter avec mon monde; elle s'est laissée bêtement aborder : seulement nous avons été mal reçus, et il a fallu apprendre la politesse à ces manants. La leçon a été courte, mais bonne, et tout est dans l'ordre maintenant... Mais j'y songe, il est bien temps que je vous débarrasse de vos menottes et de votre boulet.

— Oh! répondis-je, à présent que je n'ai plus qu'à le vouloir, pour recouvrer la liberté de mes membres, mon boulet ne me gêne plus du tout, et mes menottes me sembleraient presque agréables, si elles ne m'empêchaient de serrer votre bonne et vaillante main.

Le brave garçon se hâta de me rendre l'usage de mes membres, et nous échangeâmes un de ces vigoureux *shakehands* qui scellent une amitié pour la vie.

Je quittai la jonque et montai à bord du brick *l'Agile*, que commandait M. Bernard, après avoir repris mon portefeuille, ma bourse et le portrait de miss Aurora.

Mais la tasse ?... La tasse me suivait.

Une heure après nous entrions dans les eaux du Yang-tze-kiang, remorquant la jonque dont l'équipage et le capitaine avaient été enfermés, solidement garrottés, dans l'entre-pont où j'avais eu si faim.

On avait laissé la jolie Chinoise dans son charmant boudoir. Un marin faisait faction à la porte.

Ce matin, nous avons débarqué dans le port de Shang-haï. A onze heures on a jugé les pirates ; à midi, on leur a coupé le cou, sans les torturer au préalable, parce qu'en ce moment le bourreau est très-occupé et n'a pas le temps de s'amuser à la bagatelle. Ces brigands, m'a-t-on dit, sont morts en braves

A six heures, on a vendu aux enchères la jonque

et tout ce qu'elle renfermait, y compris la Chinoise qui a été adjugée à un vieux mandarin.

J'ai acheté pour six pence la précieuse tasse dont la possession m'assure le bonheur. Elle est là, devant moi, sur la table où j'écris. Après-demain, le vapeur *le Pélican*, sur lequel je viens d'arrêter mon passage, me ramènera en Europe, et dans deux mois, s'il plaît au ciel, miss Aurora Simpson s'appellera mistress Broomley.

J'ai longtemps causé, ce soir, avec mon ami Bernard; c'est un honnête cœur. Nous nous sommes promenés d'abord sur la place du Thé en parlant de choses indifférentes, coudoyés par les porteurs d'eau, et nous heurtant aux cuisines en plein vent. La beauté de la soirée nous a invités à sortir de la ville. Nous sommes arrivés dans un endroit isolé, planté de beaux arbres; la lune, perçant le feuillage, éclairait de sa lumière blanche un antique mausolée. Tout était silencieux et recueilli autour de nous; ce tombeau d'un mort inconnu ajoutait pour nous au mystère de la nuit, mais ne l'attristait pas. Une émotion douce remplissait notre âme. Le jeune enseigne me fit à voix basse la confidence de son amour pour miss Harrisson.

« Elle vous aime aussi ? lui dis-je.

— Oui, me répondit-il plus bas encore; mais elle est riche comme une fille de roi, et moi, je suis pauvre.

— Qu'importe ! vous l'épouserez.

— Vraiment, vous croyez que...

— Je crois qu'il y a plus de chances, pour un brave garçon pauvre, d'épouser une brave fille riche qui l'aime, qu'il n'y en a pour un fou de trouver, dans le Céleste-Empire, la seule tasse de porcelaine qui ait du prix à ses yeux. Confidence pour confidence. »

Et je lui appris le secret de mon voyage en Chine.

A bord de *l'Autruche.*

Aujourd'hui, 17 juillet, je devrais, depuis cinq jours, voguer vers l'Angleterre sur le brick *le Pélican*, et je vogue vers le golfe de Petchili, sur la goëlette *l'Autruche.*

Projets humains, espérances humaines, bien niais qui fait fonds sur vous !

Dimanche matin, je fis transporter mon bagage sur *le Pélican*. Le bâtiment ne devait quitter Shang-haï que le mardi suivant, dans la soirée : la ville n'avait plus rien qui piquât ma curiosité. Je résolus d'aller visiter une pagode célèbre située à quinze ou vingt milles dans l'intérieur des terres.

Le mardi matin, j'étais de retour. A ma grande surprise, le *Pélican* n'était plus dans le port.

« Où est *le Pélican?* demandai-je à un soldat français.

— Parti il y a une heure, me répondit-il.

— Depuis une heure?... Pour Marseille?

— Non, pour Pé-tang.

— Comment cela?

— Le capitaine a reçu ordre de transporter immédiatement un détachement de troupes dans le golfe de Petchili.

— Et ma tasse? » m'écriai-je.

Le soldat me regarda sans comprendre.

Je sautai dans une barque à six rameurs, et je fis un geste qui voulait dire : Descendez le fleuve.

J'espérais que les difficultés de la navigation du Yang-tse-kiang ralentiraient la marche du vapeur et que je pourrais le rejoindre.

Au coucher du soleil, nous atteignîmes le dernier village qu'on rencontre avant d'arriver à la mer.

Un canot monté par des marins anglais appareillait pour retourner à Shang-haï.

« Avez-vous vu passer le vapeur *le Pélican?* » leur demandai-je Un d'eux étendit le bras vers l'horizon; un point noir, surmonté d'une traînée de fumée, se détachait sur l'azur clair du ciel

« Le voici, » me dit le marin.

Je ne me jetai pas la tête la première dans le fleuve : cela me donna une très-haute idée de ma force d'âme.

Mes six rameurs me ramenèrent à Shang-haï.

L'Autruche partait le surlendemain pour Pé-tang; je n'hésitai pas un moment; je retins ma cabine sur

8

l'Autruche. C'est une goëlette bonne marcheuse et le
vent nous favorise; et pourtant il me semble que le
navire n'avance pas et que le vent nous est contraire,
tant j'ai hâte d'arriver.

Devant Pékin.

Nous sommes arrivés à Pé-tang le jour où les armées alliées y faisaient leur entrée.

« *Le Pélican?* demandai-je à un marin anglais qui
fumait sa pipe sur le quai.

— Parti pour Hong-kong, hier au soir.

— Hier au soir ! murmurai-je d'une voix mou-
rante, » et je m'évanouis entre les bras du
marin.

Mon premier mot en reprenant connaissance fut
celui-ci :

« Reviendra-t-il?

— Qui ça ?

— *Le Pélican?*

— Oui, me répondit le marin, il sera ici au
mois d'octobre avec des approvisionnements pour
l'armée. » Et il ajouta : « Vous auriez bien dû tomber un peu plus à gauche.

— Pourquoi cela, mon ami ?

— Parce que vous n'auriez pas cassé ma pipe, une des plus vénérables de la marine royale : sept ans de service. »

Et il me montrait les morceaux d'une pipe de terre, à tête de turc, gisant sur le pavé. La teinte de ces tristes débris rendait les « sept ans de service » très-vraisemblables.

« Ah ! mon ami, si vous saviez !... » dis-je à ce brave homme ; et, lui glissant une guinée dans la main, je m'éloignai.

Trois mois d'attente, c'était bien long : je résolus de suivre la colonne anglaise. J'achetai une pe-

tite voiture fermée, couverte d'un toit aux angles
retroussés et qui ressemblait assez à un pavillon
chinois ambulant, un petit cheval qui avait plus de
vigueur que de mine, et une carabine, à tout événement.

Ce matin, 13 octobre, je suis arrivé, avec mon
équipage, sous les murs de Pékin.

Mon cheval est fourbu, parce qu'il y a loin de Pé-

tang à Pékin; ma voiture boite de la roue gauche,
parce que les ornières de la route sont profondes, et
le canon de ma carabine est un peu noir, parce qu'en

voyant à Takou, à Tchang-kia-ouang et à Pali-kiao mes braves compatriotes se battre pour l'honneur de la vieille Angleterre, je n'ai pu m'empêcher de tirer quelques coups de fusil aux Chinois, sans la moindre colère d'ailleurs.

. . . .

Je suis encore devant Pékin, avec ma voiture chinoise et mon petit cheval maigre, exactement à la place où j'étais il y a huit jours.

Nos diplomates et nos généraux n'ont qu'un mot à dire pour que les portes de la ville s'ouvrent aux diables d'Occident; mais ils ne paraissent pas avoir grande hâte de faire leur entrée solennelle dans la capitale du Fils du ciel.

Peut-être ne seraient-ils pas fâchés de persuader à messieurs les Chinois que les barbares d'Occident attendent sans trop d'impatience le moment où il leur sera permis de contempler les magnificences de la première des cités du premier empire du monde.

Cette humiliation infligée à l'amour-propre du plus vaniteux des peuples serait d'une bonne politique; mais il est certain que si nous leur donnons une le-

çon, elle nous coûte quelque chose, car notre curiosité est moins calme qu'on ne voudrait le faire croire
aux mandarins. Pour moi, je commence à trouver
particulièrement irritant de demeurer toute une
semaine face à face avec un mur qui vous cache ce
que, pendant toute votre vie, vous avez eu fort envie de voir.

Mon petit cheval est beaucoup plus philosophe que
moi : le bonheur de se reposer après le rude voyage
qu'il a fait lui suffit, et il est aussi tranquille devant
la porte principale de Pékin, que le serait un cheval
d'omnibus, à Londres, devant *Temple-Bar*.

Ma voiture me sert de salon, de salle à manger et
de chambre à coucher ; je dors le plus possible pour
trouver le temps moins long.

Nous aurions franchi cette maudite muraille dès le
premier jour de notre arrivée, si, par malheur, nous
n'avions reçu la nouvelle que dix mille Tartares s'é-
taient retranchés dans un camp fortifié, à peu de distance de la ville. On marcha contre eux ; mais ils n'at-
tendirent pas les troupes alliées et se dirigèrent vers
le palais d'Été de l'Empereur, situé à quatre milles
environ du nord-ouest de Pékin. Tandis que la divi-
sion anglaise traversait lentement un pays entre-

coupé de mille canaux, les Français atteignaient, par un chemin plus facile, les premières maisons du village de Yuen-ming-yuen, et deux compagnies d'infanterie de marine délogeaient les Tartares du château impérial.

Je suis arrivé trop tard pour visiter ce merveilleux palais d'Été.

Aujourd'hui, les trente pavillons remplis des trésors qu'y avaient accumulés les empereurs sont réduits en cendres : lord Elgin les a fait brûler, pensant que ce procédé asiatique était propre à donner aux Chinois une haute opinion des Européens.

Il faut entendre les soldats parler, dans leur lan-
gage pittoresque, des magnificences du palais de Yuen-
ming-yuen. Ce matin, un voltigeur du 101° régiment
les décrivait à un camarade qu'une blessure reçue à
Pa-li-kiao avait retenu à l'ambulance, tandis que les
amis marchaient en avant.

« Tu n'es pas sans avoir vu, lui disait-il, le palais
de Versailles, qui est un palais assez cossu comme ça,
eh! bien, mon bonhomme, à côté du palais d'Été, ça
n'est pas grand'chose, ça n'est même rien du tout.
D'abord, des jardins où les Tuileries, le Luxembourg,
Saint-Cloud et le bois de Boulogne danseraient une
contredanse sans se gêner; des lacs que c'en est fati-
gant, des rivières avec des petits ponts que je ne voudrais pas être chargé de les compter, ah! mais non.
Et des bâtisses, faut voir! Tout marbre blanc; il paraît que la pierre de taille n'est pas assez bonne pour
ces gueux de Chinois : et des toits en or, en argent et
en émeraude! Quand le soleil donnait dessus, pas
moyen de les regarder. L'intérieur était pire encore :
des richesses à faire trembler des millionnaires; des
diamants, des rubis, des topazes à boisseaux; des
bagues, des colliers, des bracelets, qu'il aurait fallu
des tombereaux pour les emporter; des robes de soie

brodées à fleurs et à ramages, de quoi habiller tout
l'univers. Avec ça, un tas d'animaux plus affreux les
uns que les autres, et des grandes coquines d'idoles
en or, en argent ou en bronze, avec des figures à vous
donner le cauchemar. Il y avait là dedans une statue

d'un nommé Bouddha, que ces païens-là adorent,
haute approchant comme la colonne Vendôme, et
toute en or massif. Je te réponds qu'elle valait, à elle
seule, plus que les épaulettes de tous les officiers de
l'armée française fondues ensembles : ah dame!
les Chinois ne lésinent pas avec leurs dieux. Voilà,

mon bonhomme, ce que c'était que le palais d'Été.
Quand on a vu ça, il vous en reste, pour toute la
vie, un feu d'artifice dans les yeux, et on en sait
un peu plus long que les particuliers qui n'ont jamais
quitté le plancher des vaches, sans compter qu'on a
sa part de prise, et qu'on est en état de payer la goutte
au camarade. Cantinière, deux petits verres, et de la
bonne. A la santé de S. M. l'empereur de la Chine !
C'est moi qui paye. »

Ah ! lord Elgin, pensai-je, après avoir entendu le
voltigeur du 101ᵉ, n'était le profit qu'en pourra faire
la civilisation, je vous en voudrais un peu d'avoir
fait brûler le palais de Yuen-ming-yuen.

.   .   .   .

Hier, 24 octobre 1860, l'ambassadeur de S. M. britannique est entré dans Pékin, porté dans une chaise
sur les épaules de seize Chinois habillés d'écarlate,
escorté d'un escadron de dragons de la Reine, d'un
détachement de cavaliers sicks, d'un détachement
d'infanterie indienne et de deux régiments d'infanterie anglaise.

Je fermais la marche, monté sur mon petit cheval
maigre que j'avais harnaché de mon mieux pour la

circonstance, et qui relevait la tête avec un certain
air triomphant qui ne convenait guère à un cheval
chinois en pareille circonstance.

En traversant Pékin à la suite d'un ambassadeur
anglais, je ressentis un noble et légitime orgueil à
la pensée que j'étais Anglais.

La foule immense qui se pressait dans les rues ·
nous regardait avec beaucoup de curiosité, je puis
même dire qu'elle nous admirait ; les mandarins ne
devaient pas être contents.

Lord Elgin fut reçu à la porte du yamoun des Rites

par le prince Kong, frère de l'empereur, entouré d'un
grand nombre de dignitaires, tous magnifiquement
vêtus.

Il entra dans le palais où devait être signé le traité
de paix. Comme je n'avais aucun titre à être admis à
une aussi imposante cérémonie, j'allai me promener
par la ville.

Voir Pékin! qui ne s'est dit cela quelquefois?

Eh bien! j'étais dans la cité fameuse, étrange, in-
vraisemblable, dans la cité qui, pendant des siècles,
tenta les imaginations comme un rêve impossible. —
Pékin m'appartenait pour quelques jours : Pékin tout
entier : la Ville intérieure et la Ville extérieure, la
Ville sacrée et la Ville impériale : le Bureau des lon-
gitudes, l'Académie de médecine, la Bibliothèque impériale et l'Imprimerie impériale, tous les palais des
ministres, le palais de la Haute-Cour, celui de l'Université, celui des Purifications où le Fils du Ciel va
jeûner dans la solitude, celui où il honore sa mère,
celui des interrogatoires impériaux où le premier jour
de chaque année il traite les princes, le palais de l'Empereur, le palais de l'Impératrice, le grand monastère
des Lamas de la Mongolie, le temple de la Littérature,
le temple de Toutes les Dynasties, le temple des An-

cêtres, le grand temple de Confucius, le Panthéon des hommes illustres, l'observatoire de Koubilaï, fondateur de Pékin, le Grand Arc de triomphe érigé à la gloire des armées, le Champ Sacré où chaque année l'empereur, pour encourager l'agriculture, trace un sillon en présence du peuple, la Montagne de lumière, ou la Sainte et Ronde Colline, sur laquelle s'élève la pagode formée de trois tours colossales superposées, tout cela était à moi !

Je vis dans cette première course, toute au hasard, quelques-unes des merveilles que si souvent j'avais essayé de me figurer, lorsque l'hiver, à la tombée du jour, dans le cabinet de mon oncle Toby, les yeux fixés sur le brasier ardent, je songeais aux choses lointaines.

Eh bien ! mon imagination avait étrangement flatté les édifices de Pékin. Les magnificences de la première ville de l'empire chinois me parurent d'assez pauvres magnificences.

Jamais, alors que je visitais Pékin en esprit, il ne m'était arrivé de me crotter dans des rues inondées d'une boue profonde, de risquer, à chaque instant, de tomber dans des puits béants au milieu de la chaussée, de respirer des miasmes infects sortant de mai-

sons hideuses ou s'élevant de monceaux d'immondices
et de fumier.

Les petits inconvénients dont le Pékin de mon imagination était exempt m'ont causé, dans le Pékin de
la réalité, la plus désagréable surprise.

Me souciant peu de prendre un gîte dans une auberge de la ville impériale, je suis revenu coucher dans
ma voiture, à la porte An-ting.

Aujourd'hui, l'ambassadeur français et les troupes
françaises ont fait leur entrée dans Pékin, et la paix
a été signée dans le palais des Rites, entre la France et
le Céleste-Empire.

J'ai trouvé mon bon ami Bernard. Nous nous sommes promenés ensemble toute l'après-midi, et nous
avons parlé beaucoup de M. Harrisson et plus encore
de sa charmante fille.

Ce soir, nous sommes entrés dans le plus beau café
de la rue du Repos-Perpétuel.

On nous y a servi le thé avec des graines sèches de
melon d'eau. Les Chinois épluchent et mangent ces
graines tout en causant; nous avons fait comme eux.
Des marchands de gâteaux et de confitures sont venus nous offrir leurs friandises, et nous avons consciencieusement goûté aux produits les plus étranges

de la pâtisserie et de la confiserie chinoises ; tout passe
avec le thé : peut-être est-ce pour cela que cette bois-
son est si fort en honneur en Chine.

On aime prodigieusement la musique à Pékin, et le
maître d'un café accueille volontiers les joueurs et les
joueuses d'instruments, les chanteurs et les chanteu-
ses qui viennent divertir les buveurs de thé.

Une femme dont le visage pâle était empreint d'une
grande mélancolie nous régala d'une romance qui
dura bien un quart d'heure. C'était un air plaintif
d'un rhythme extraordinairement lent, entrecoupé de
glapissements qui nous déchiraient les oreilles ; plus
la note était fausse et perçante, plus la chanteuse était
heureuse et fière de son talent ; elle la prolongeait en
un point d'orgue interminable, renversant la tête en
arrière et fermant les yeux comme plongée dans une
extase voluptueuse.

Les auditeurs semblaient eux-mêmes ravis dans le
paradis musical : c'étaient des sourires, des grimaces,
des murmures d'admiration les plus comiques du
monde.

Quand la chanson fut finie, une petite fille s'approcha de chaque table en présentant son éventail
déplié, qui fut bientôt couvert de pièces de mon-

naie. L'enfant, enchantée de sa recette, la montra à
sa mère avec une expression de joie naïve singulièrement touchante. La chanteuse salua avec beaucoup de grâce et sortit en tenant la petite quêteuse
par la main.

Un quart d'heure après, une autre femme entra dans
le café.

Quand elle parut il y eut, parmi les mélomanes, un
mouvement marqué de curiosité, accompagné de chu-
chotements.

Elle se plaça au milieu de la salle.

Lorsque je vis distinctement sa figure éclairée en plein par une lanterne suspendue au plafond, je ne pus retenir une exclamation.

« Qu'avez-vous ? me demanda M. Bernard.

— Ne reconnaissez-vous pas cette femme ? lui dis-je....

— Attendez donc, en effet, je crois me souvenir; mais non, c'est impossible !

— C'est elle, vous dis-je.

— Comment serait-elle à Pékin et dans un si misérable état ?

9

— Je n'y comprends rien; mais n'importe, je ne me trompe pas, c'est elle, aussi sûrement que je suis Edmund Broomley. »

Le maître du café servait en ce moment un officier anglais assis à la table voisine; je savais que cet officier parlait un peu le chinois.

« Auriez-vous l'obligeance, monsieur, lui dis-je, de demander à cet homme si la chanteuse qui vient d'entrer est depuis longtemps à Pékin? »

L'officier fit ce que je désirais.

« Cette femme, répondit le maître du café, était la fille d'un pirate qu'on a pendu à Shang-haï il y a trois ou quatre mois. Elle fut vendue aux enchères à un vieux mandarin avare qui reçut, il y a six semaines, l'ordre de se rendre ici. A peine arrivé, le bonhomme mourut et laissa la pauvre esclave sans ressources; elle chante pour gagner sa vie.

— Eh bien! m'étais-je trompé? » dis-je à l'enseigne.

Cependant la jeune fille avait accordé sa guitare à deux cordes et préludait.

Elle était toujours admirablement belle, seulement ses joues s'étaient un peu creusées, et l'expression de son regard était plus cruelle encore, son sourire plus méchant que lorsque je l'avais vue pour la première fois dans cette nuit mémorable où il s'en était fallu de si peu que je ne descendisse au fond de la Mer Jaune avec un boulet de 24 aux pieds.

Elle chanta avec une sorte d'énergie fébrile une chanson d'un mouvement précipité, dont voici le premier couplet :

> Le front sur sa main,
> L'œil perdu dans le lointain,
> La fille au teint de jasmin
> Est assise à sa fenêtre ;
> Elle sera bon gré, mal gré,
> D'un vieux mandarin lettré
> La femme demain, peut-être.
> Son père le veut, plus d'espoir !
> Mais si la fille, ce soir,
> S'est mise à sa fenêtre,
> Ce n'est pas, le fait est certain,
> Pour le mandarin.

Après ce premier couplet, la chanteuse fixa, par hasard, les yeux sur nous : une expression de sauvage étonnement se peignit sur ses traits; mais elle se remit aussitôt, et reprit sa chanson d'une voix ferme; seulement je remarquai qu'elle ne détachait pas les yeux du visage de M. Bernard.

Quand elle eut achevé, elle sortit précipitamment sans attendre les applaudissements et sans recueillir les offrandes des auditeurs : cette façon d'agir inexplicable devint aussitôt le sujet de conversations très-bruyantes et très-animées.

Nous ne tardâmes pas à quitter le café. A peine avions-nous fait quelques pas que nous nous trouvâmes en face de la chanteuse : elle arrêta encore ses yeux noirs sur M. Bernard avec une expression indéfinissable, et puis, traversant la rue, se perdit dans l'ombre.

. . . .

Hier, dans l'après-midi, nous allâmes visiter une pagode très-vénérée des fidèles bouddhistes, et située à peu de distance des murs de Pékin, dans un lieu extrêmement pittoresque : un escalier taillé dans le flanc de la colline sur laquelle elle est bâtie y conduit à travers d'énormes blocs de rochers et des arbres d'une végétation vigoureuse.

Au moment où nous arrivâmes dans le sanctuaire, le soleil se couchait. Nous y demeurâmes longtemps absorbés dans cette religieuse et poétique rêverie à laquelle une préoccupation trop vive

Elle brandit un couteau au-dessus de sa tête.

m'avait empêché de m'abandonner dans le temple d'Honan.

Lorsque nous sortîmes de la pagode, la nuit était tombée et la lune brillait. Je marchais le premier : nous étions parvenus à la moitié de l'escalier, lorsque Bernard poussa un cri terrible.... Je me retournai, il chancelait et je le reçus dans mes bras.

« Blessé, murmura-t-il, blessé par derrière. »

Il avait été frappé d'un coup de couteau entre les deux épaules.

« Si je meurs, me dit-il, vous remettrez ceci à miss Mary, je vous prie ; » et il me montrait un médaillon suspendu à son cou.

Je regardai autour de nous et je ne vis personne.

Tout à coup, à cent pas, une exclamation de triomphe et de joie se fit entendre, et derrière un quartier de roc se montra la fille du pirate : elle brandit un couteau au-dessus de sa tête éclairée par un rayon de lune, et disparut.

J'allais la poursuivre, lorsqu'un gémissement du pauvre enseigne me retint auprès de lui.

Quelques minutes après, des pèlerins passèrent ; ils m'aidèrent à relever le blessé et nous le transportâ-

mes dans la maison d'un des prêtres qui desservent
la pagode.

Pendant trois jours et trois nuits, mon pauvre ami
a été en proie à une fièvre ardente et à un délire con-
tinuel.

Le nom de miss Mary s'échappait souvent de ses
lèvres, et la voix du blessé était alors si pleine de douceur et de tendresse que si la jeune fille eût entendu
prononcer son nom de cette façon-là, son cœur se fût
brisé de douleur et de joie tout ensemble; le bon
M. Harrisson, lui aussi, n'y aurait pas tenu, et je suis
sûr qu'il aurait pris en pleurant la main de sa chère
enfant et qu'il l'eût mise dans la main brûlante de
l'enseigne.

Ce matin la fièvre était tombée, et le délire avait
beaucoup diminué.

Le docteur, — un médecin de la marine française,
— croit pouvoir répondre de la vie du malade.

Le prêtre qui nous donne l'hospitalité est un excellent homme : il soigne M. Bernard avec un dévoue-
ment qui honorerait un prêtre chrétien; tout en prépa-
rant les breuvages prescrits par le docteur, il murmure
des prières à Bouddha : ces prières-là, pour n'être
pas envoyées à qui de droit, n'en arrivent pas moins,

j'en suis sûr, où parviennent toutes celles qui sortent
d'un cœur honnête et pieux.

Le mandarin chargé de la police a été informé de
l'attentat commis sur le pauvre enseigne; il a donné,
au récit du crime, toutes les marques d'un véritable
désespoir et a juré, par tout ce qu'il a de plus sacré,
que « l'illustre jeune homme français » serait bientôt
vengé. Je ne crois pas plus à son désespoir qu'à la
toute-puissance du Fils du Ciel, et je n'ai guère foi
dans la justice chinoise quand la victime est un
étranger.

.   .   .   .

Il y a eu hier quinze jours que M. Bernard a été
blessé, et, depuis une semaine, il est en pleine convalescence. Ce matin nous avons fait une petite promenade dans le principal faubourg de Pékin. Je doute
qu'il y ait un spectacle plus varié, plus curieux, plus
étrange que celui d'une ville chinoise populeuse, ac-
tive et affairée : il n'est pas de préoccupation si sé-
rieuse dont il ne tire momentanément l'esprit, pas
de méditation profonde qu'il ne trouble, pas de
mélancolie obstinée qu'il ne dissipe. Celui qui,
échappé à la mort, se trouve soudain mêlé à ce mou-

vement, à ce bruit, à cette foule qui va, qui vient, qui
rit, qui crie, qui gesticule, sent mieux encore le plaisir de vivre, tant la vie autour de lui est exu-
bérante.

Tout ce qu'il voyait, tout ce qu'il entendait jetait

mon jeune ami dans une sorte de joie enfantine et
naïve ou dans un étonnement qui ne saurait se décrire. Il ne pouvait assez regarder les barbiers qui ra-
saient leurs pratiques au beau milieu de la rue, les

marchands de poissons, de légumes et de fruits qui
arrêtaient les passants pour leur vanter leur mar-
chandise, les gamins accroupis à terre et jouant à
quelque jeu chinois auquel nous ne comprenions
rien, les gros mandarins à globules de toutes couleurs,

maugréant contre le populaire qui ne se rangeait pas
avec assez d'empressement pour faire place à leur
majestueuse et officielle personne; les fumeurs d'o-
pium qui entraient d'un pas chancelant dans la boutique où ils allaient s'empoisonner voluptueusement;

les portefaix, les artisans et les pauvres bacheliers
qui dévoraient avec un appétit formidable les mets
trop odorants de quelque restaurateur en plein vent,

les escamoteurs qui émerveillaient les badauds de
leurs tours de passe-passe. Il écoutait avec ravissement le bavardage des servantes achetant le dîner de
leurs maîtres; les disputes de deux porteurs de palanquin qui se rencontraient nez à nez et ne vou-
laient reculer ni l'un ni l'autre; la faconde des empi-
riques débitant leur panacée, et les cris d'allégresse
des enfants qui enlevaient un cerf-volant à figure de

poisson, de dragon ou d'oiseau; il n'était pas jusqu'à la voix discordante des chanteurs de complain-
tes qui ne semblât le charmer, et un épouvantable
quatuor de guitare, de you-kam, de ta-tong et de
sam-sion lui causa un plaisir extrême.

Je craignis que tant d'impressions diverses, si vivement ressenties, ne le fatiguassent, et j'insistai pour
qu'il reprît avec moi le chemin de l'hospitalière demeure du bon prêtre de Bouddha.

. . . .

M. Bernard est tout à fait guéri : rien ne nous empêche plus de repartir pour Pé-tang, et j'ai grande hâte
de savoir si *le Pélican* est de retour et s'il m'a rapporté
ma précieuse tasse à thé.

Nous avons frété une jonque pour descendre le
Peï-ho : demain, au point du jour, nous quitterons
Pékin.

Cette après-midi un interprète attaché à l'armée est
venu nous avertir que le mandarin, chef de la police,
nous mandait auprès de lui en toute hâte.

Nous nous rendîmes aussitôt au aymoun de ce
fonctionnaire.

« Allons, dis-je à l'enseigne, j'avais calomnié l'impartialité de la police chinoise : selon toute apparence vous allez être vengé.

— A parler franchement, me répondit-il, je n'en ai guère envie. Il me répugne de causer la mort d'une femme.

— Même alors que cette femme a voulu vous tuer?

— Oui. J'étais pour elle un ennemi, j'avais dû livrer son père au bourreau ; c'est par moi qu'elle est devenue misérable : elle a obéi, en me frappant, à un mouvement de haine farouche ; pauvre malheureuse, abandonnée dès son enfance, sans doute, aux plus violents instincts, il ne faut pas la juger trop sévèrement. »

Il se tut ; puis, au bout de quelques instants et d'un ton embarrassé, il reprit :

« Cette femme, après tout, je ne l'ai pas vue, vous seul croyez l'avoir reconnue.

— Vous êtes un noble cœur, » lui dis-je.

Nous arrivâmes en ce moment au yamoun. On nous fit entrer dans la salle d'audience : le mandarin nous attendait sur son siége.

Il se leva aussitôt, vint à nous d'un air fort empressé, et, après nous avoir prodigué d'innombrables

tchin-tchin, il dit quelques mots à un officier subal-
terne qui paraissait attendre ses ordres, et alla re-
prendre sa place en se composant un maintien plein
de dignité.

Presque aussitôt la porte s'ouvrit et l'officier
reparut, suivi de deux gardes qui conduisaient une
femme.

C'était la fille du pirate.

Elle était très-pâle, mais elle ne tremblait pas, et
son visage n'exprimait aucune frayeur. Elle fixa sur
Bernard un regard dans lequel se lisait une surprise
cruelle : elle était étonnée de voir vivant celui qu'elle
croyait mort.

L'enseigne ne leva pas les yeux sur elle.

Le mandarin appela l'interprète auprès de lui, et le
chargea de traduire exactement toutes ses paroles et
les réponses qui lui seraient faites. Puis, s'adressant à
la femme :

« Qui êtes-vous ? lui demanda-t-il.

— Je suis Tchao-Wa, de Shang-haï, une chanteuse,
répondit-elle.

— N'êtes-vous pas la fille d'un pirate, pendu il y a
quelques mois ?

— Non.

— Avez-vous frappé, il y a trois semaines, d'un coup de couteau, sur le chemin de la pagode de l'Est, notre très-cher ami le Français que voici?

— Non, » répondit Tchao-Wa, d'une voix ferme.

Le mandarin nous regarda d'un air qui signifiait évidemment : Cette femme a beaucoup d'audace, mais nous avons l'habitude des criminels, et nous savons ce qu'il faut penser de leurs dénégations.

« Vous avez été frappé par derrière? demanda-t-il ensuite à M. Bernard.

— Oui, répondit celui-ci.

— Et vous n'avez pas vu l'assassin?

— Je ne l'ai pas vu.

— Fort bien! mais notre très-cher ami anglais était là, et, un instant après le crime, il a vu derrière un rocher une femme brandir un couteau, et il l'a entendue pousser un détestable cri de joie.

— C'est vrai, répondis-je.

— Regardez la femme que voici, » me dit alors le mandarin.

Je regardai Tchao-Wa.

« Reconnaissez-vous en elle celle qui a poussé le cri et qui a brandi le couteau? »

Bernard jeta sur moi un regard suppliant.

Tcho-Wa en jugement.

« Je ne la reconnais pas, » dis-je.

Aucune émotion ne se manifesta sur les traits de Tchao-Wa. Quant au pauvre mandarin, il ne pouvait en croire ses oreilles.

« Je demande à mon très-cher ami anglais, répéta-t-il, si cette femme n'est pas celle qui a poussé le cri et brandi le couteau ?

— Je ne la reconnais pas, » répondis-je une seconde fois.

Le mandarin soupira profondément; plus, prenant son parti en homme qui se dit : « Après tout, j'ai fait ce que j'ai pu, » il ordonna qu'on rendît la liberté à la prisonnière.

Elle sortit lentement sans qu'un muscle de son visage eût trahi la moindre joie.

« La justice continuera ses recherches, » nous dit le mandarin en nous accompagnant vers la porte de la salle d'audience.

Nous lui déclarâmes que nous étions pleins de respect et d'admiration pour la police chinoise, et que nous désirions qu'il ne prît plus aucun souci de cette affaire.

Le bonhomme nous répondit qu'il n'avait rien à nous refuser, et nous reconduisit, en nous accablant de politesses et de saluts, jusqu'au seuil du yamoun...

« Merci, me dit l'enseigne quand nous fûmes sortis.

— Vous m'avez fait faire une grosse sottise, lui répondis-je, puissions-nous ne pas nous en repentir ! Pour n'en avoir pas sujet, marchez devant et regardez bien à droite et à gauche si vous n'apercevez pas notre héroïne et son couteau. »

Dieu merci! nous sommes arrivés sans accident chez notre hôte. Ce soir, nous lui avons fait nos adieux.

Le digne prêtre s'est montré si affligé, quand nous lui avons offert le prix de son hospitalité, qu'insister eût été cruel de notre part.

Nous lui avons laissé une bague en souvenir de nous.

Mon petit cheval maigre et ma voiture chinoise ne m'étaient désormais d'aucune utilité. J'en ai fait présent à une cantinière de l'armée française.

. . . . : . . . .

Vilain fleuve que le Peï-ho! Des eaux sales charriant toutes les immondices de la civilisation, des

rives plates, un lit étroit et sinueux : vilain fleuve en
vérité! Et pour amuser le regard et parler à l'imagination, des champs de millet bordés de saules, de
grandes plaines sans fin, sur lesquelles le regard
glisse, sans pouvoir s'arrêter jamais, d'immenses
salines, des lacs de boue liquide d'où surgissent çà
et là de petits tertres, de longues lignes de roseaux,
de misérables villages aux maisons bâties en terre,
des villes de négoce qui semblent de gigantesques
comptoirs, de temps en temps un verger ou un
potager, une pagode, une villa de mandarin qui choi-
sit bien mal sa place... et cela huit jours durant.

Que de fois n'avons-nous pas prononcé cette
phrase : « Quand donc arriverons-nous à Pé-tang ?»
Pé-tang était notre terre promise, à nous, à moi surtout.

Nous y sommes enfin arrivés hier matin !

M. Bernard a repris immédiatement son service
sur l'Agile.

Le Pélican n'est pas encore de retour de Hong-
kong, mais il est attendu tous les jours.

.   .   .   .

Aujourd'hui, 15 décembre 1860, à huit heures du

matin, *le Pélican* est entré dans le port. Dès qu'il se
fut rangé le long du quai, je passai à son bord, et je
demandai à être introduit auprès du capitaine. Ce
digne marin était fort occupé du débarquement de sa
cargaison, mais c'est un homme très-poli, qui n'a pas
même paru trouver ma visite inopportune en ce moment.

« Capitaine, lui dis-je, veuillez m'excuser, je vous
prie : je n'ai pas sans doute l'honneur d'être connu de
vous.

— Mais si, vraiment, monsieur, dit-il en m'inter-
rompant, et en souriant avec infiniment de grâce,
vous êtes sir Edmund Broomley, et vous deviez partir
avec nous de Sang-haï pour Marseille. Un ordre supé-
rieur nous a contraints d'aller dans le golfe de Pe-tchi-
li, au lieu de retourner en France; nous n'avons pu
vous avertir à temps, et, dans la précipitation d'un
départ imprévu, je n'ai pas même songé à faire descendre à terre vos bagages, ce dont je vous demande
très-humblement pardon.

— Oh! capitaine....

— J'ai fait transporter vos malles dans ma cabine,
et je crois pouvoir vous assurer que vous trouverez
tout en bon ordre.

— Vous permettez, capitaine, dis-je avec une vivacité fiévreuse, que dès à présent....

— Mais comment donc, monsieur! rien de plus
naturel. Benjamin, conduisez sir Edmund Broomley
dans ma cabine. »

Un mousse s'approcha de moi en s'inclinant avec
l'air d'un domestique parfaitement stylé; je le suivais,
lorsque le capitaine ajouta:

« Nous partirons décidément pour Marseille sa-
medi prochain; s'il vous était agréable de voyager
en notre compagnie, je m'estimerais très-heureux,
pour ma part, de vous compter au nombre de mes
passagers.

— Ce sera un grand plaisir pour moi d'être des
vôtres, je vous assure, lui répondis-je.

— Nous devons toucher à Nangasaki et à Canton;
mais *le Pélican* est bon marcheur et nous rattraperons
facilement le temps perdu.

— Capitaine, je suis votre homme, comptez sur
moi; » et je rompis la conversation un peu plus brusquement que la civilité ne l'aurait voulu peut-être,
tant j'avais hâte d'ouvrir ma valise.

Avec quel tremblement je mis la clef dans la ser-
rure; mon cœur battait à rompre ma poitrine. La clef

tourna; je soulevai le couvercle de la malle ; j'aperçus
avec une émotion inexprimable une boîte liée avec un
ruban bleu ; je dénouai le ruban, j'ouvris la boîe, et
dans la boîte je trouvai ma tasse, reposant douillettement dans son lit d'ouate ; elle était entière, et les
fleurs roses et bleues qui l'ornaient semblaient me re-

garder avec une sympathie mystérieuse du fond de
leurs calices, et les petits Chinois et les petites Chinoises qui respiraient ces jolies fleurs semblaient me
sourire avec bienveillance.

Je pris la tasse et je la baisai... Oh! miss Aurora,
quelles sottises vous me faites faire!

A bord du *Pélican*.

Il y a sept jours que nous avons quitté Pé-tang. Je n'ai pu me séparer de M. Bernard sans un vif chagrin et c'est les larmes aux yeux que nous nous sommes dit: « Au revoir! »

Au revoir! Pauvres créatures que nous sommes, nous aimons à prononcer ce mot qui renferme une espérance: que de fois, hélas! c'est « Adieu » qu'il faudrait dire.

Mais le ciel est d'une admirable limpidité, la mer est calme comme un miroir, et il souffle une brise charmante qui nous pousse complaisamment vers l'Europe: loin des idées noires!

Vraiment *le Pélican* est un joli navire, et le capitaine Herbin est un aimable capitaine. Il se rase tous les jours, dîne en cravate blanche, ne parle jamais de son commerce, et manifeste en toute occasion des sentiments de sincère estime pour l'Angleterre: c'est tout à fait un *gentleman*. Il diffère du capitaine Lecoq à peu près autant qu'un homme peut différer d'un autre homme.

Hier matin, à la pointe du jour, nous étions en vue de Nangasaki, le principal port du Japon. Nous y

entrâmes en même temps que le général de Montau-
ban et l'escadre française. Une heure après je me
promenais dans la ville.

On dit que les Japonais méprisent souverainement
les Chinois; ils ont bien raison. La magnificence des
maisons, la propreté des rues, l'élégance du costume
des hommes et des femmes, la grâce et la politesse
de leurs manières, m'ont émerveillé. J'étais ravi de
pouvoir marcher sans mettre le pied dans des bour-
biers ou dans des tas d'ordures, et de pouvoir respirer sans que d'inexprimables odeurs me donnassent
des nausées.

Les habitations japonaises sont ouvertes à tous les
regards : il semble que chacun affecte de vivre autant
que possible en plein soleil, afin de faciliter l'espion-
nage qui est la base du gouvernement: ces honnêtes
Japonais poussent la bonne volonté jusqu'à faire leur
toilette dans la rue, et les dames, pas plus que leurs
maris, ne songent à se retirer dans leurs appartements
et à fermer leurs fenêtres pour échapper à des yeux
indiscrets.

A voir l'air riant et heureux de ce peuple, il semble
que le secret du bonheur soit dans cette maxime:
« Espionnons-nous les uns les autres. »

Pendant dix heures je n'ai cessé de marcher au hasard dans cette ville charmante, m'extasiant devant les marchands de laque, de porcelaine, de verreries, d'étoffes européennes, de pendules, de télescopes et de microscopes, d'estampes coloriées, de livres, de publications illustrées ; devant des petits garçons et des petites filles qui apprenaient des lèvres leurs leçons ; — au Japon les plus pauvres enfants vont à l'école et on leur enseigne la lecture, l'écriture et un peu d'histoire ; — devant les cavaliers fringants qui maniaient leurs montures avec une dextérité merveilleuse, devant les innombrables types étranges et nouveaux qui me croisaient à chaque pas.

Les femmes se promènent librement dans les rues, celles qui sont mariées s'arrachent les sourcils, et se teignent les dents en noir. Est-ce pour plaire à leurs maris ou pour déplaire aux galants ! Grave question !

Chère Aurora, quand vous serez lady Broomley, je n'exigerai pas, soyez-en bien sûre, que vous noircissiez vos jolies dents blanches, qui font si bien ressortir l'éclat de vos lèvres roses, ni que vous arrachiez ces charmants sourcils blonds à la courbe si fine, qui donnent à vos yeux bleus tant de douceur quand vous ne vous mettez pas en colère.

Je n'ai pas eu la bonne fortune d'assister à un duel.

Des auteurs recommandables racontent qu'à l'heure dite les deux adversaires se placent l'un en face de l'autre, armés d'un grand couteau et qu'à un signe des témoins, ils s'ouvrent le ventre consciencieusement. Franchement cela valait la peine d'être vu. Mais il paraît qu'à présent les choses ne se passent plus ainsi : l'offenseur et l'offensé se bornent à faire le simulacre de s'éventrer et c'est le témoin qui est chargé d'enfoncer le couteau dans le corps de sa partie. C'est beaucoup moins divertissant, et je me suis assez facilement consolé de ce que le hasard ne m'eût pas fourni l'occasion de voir deux Japonais sacrifier au point d'honneur.

Mais n'est-il pas triste de penser que les usages vraiment curieux aillent ainsi disparaissant chez toutes les nations du globe?

En revanche, une petite scène fort amusante s'est passée devant moi. Je faisais, dans le magasin d'un marchand de jouets, pour de jeunes gentlemen et de jeunes misses de ma connaissance une ample provision d'animaux en paille, de poupées remuant les yeux et tirant la langue, de masques comiques et de marion-

nettes délicatement travaillées, lorsqu'une maman et
son baby de trois ans entrèrent dans la boutique. Une
tortue qui agitait la queue et les pattes d'une façon toute
à fait naturelle tenta l'enfant. La mère marchanda
cette merveille; mais la trouvant trop chère, elle ne
l'acheta pas.

Alors le marmot fut pris d'un véritable accès de fu-

reur: il hurlait, se démenait, trépignait et de ses petits poings frappait sa mère. Celle-ci avec un main-

tien grave et un visage affligé, lui adressa d'une voix calme une remontrance qui était, à n'en pas douter, un très-beau morceau de morale. L'enfant criait toujours; elle, du même air grave, de la même voix tranquille, continua son discours: quand le petit démon se fut égosillé, il s'arrêta.

Je connais peu de mamans anglaises qui en pareille circonstance n'eussent infligé à leurs mioches une bonne correction manuelle. Au Japon, jamais on ne fouette les enfants : on raisonne avec eux, et ils n'en sont pas plus sages.

J'ai passé la nuit dans une maison très-propre.

Le soir, au moment où, assis devant ma table, j'écrivais mon journal, un craquement dans le plancher m'a fait tourner la tête : un homme était debout sur le seuil de ma chambre.

Je me levai et marchai rapidement à lui; il sourit agréablement.

C'était mon domestique qui m'espionnait.

Je fis un geste expressif: il se retira, toujours en souriant.

Le lendemain au lever du soleil, nous avons repris la mer.

Canton.

Nous n'avons que vingt-quatre heures à passer à Canton : à peine débarqué, je me suis fait mener à la maison qu'habitait le vieux Chung-tso, l'ami de M. Thomas Harrisson, alors que je l'avais vu pour la première fois.

Il n'y demeurait plus, et un voisin qui parlait un peu l'anglais m'apprit qu'il s'était retiré dans une petite campagne qu'il avait à six milles de la ville.

J'ordonnai aussitôt à mes porteurs de m'y conduire.

Chung-tso était dans son jardin soignant un plant de tulipes.

Aussitôt qu'il m'aperçut, il vint à moi et m'embrassa cordialement.

« Soyez le bienvenu, me dit-il, et béni soit le ciel qui vous ramène ! Allons, c'est bien à vous de n'avoir pas oublié un ennuyeux vieillard qui ne sait plus que radoter.

— Ainsi, vous voilà campagnard au mois de janvier ? lui dis-je à mon tour.

— Il le faut bien, me répondit-il, puisqu'il a plu

à messieurs les pirates de m'interdire le séjour de la
ville cet hiver.

— Eh quoi! vous avez eu, vous aussi, affaire à ces
messieurs!

— Mais oui, vraiment! Huit jours à peine après
votre départ, alors que j'étais venu m'établir ici pour
y passer la belle saison, ils m'ont dévalisé, ni plus ni
moins.

— Comment! les pirates ne dédaignent donc pas
de s'abaisser au métier de simples voleurs de terre
ferme.

— Oh! quand une bonne occasion se présente, ils
sont gens à mettre tout amour-propre de côté. Je suis
philosophe et me serais assez aisément consolé de ma
mésaventure, si les bandits qui m'ont pillé, ne m'a-
vaient pas enlevé l'objet auquel je tenais le plus en ce
monde, ma chère relique, la tasse à thé de ma pauvre
petite Leï-li. »

A ces mots, un léger frisson courut dans tous mes
membres.

« Et l'on n'a pas arrêté vos voleurs? demandai-je à
Chung-tso avec un battement de cœur. — Hélas! non,
me répondit-il. Avant le lever du soleil, un pêcheur
vit des hommes de mauvaise mine et aux allures sus-

pectes entrer dans une barque amarrée au rivage, sur lequel donnait le jardin de ma maison, et y déposer des fardeaux qu'ils semblaient avoir quelque peine à porter; cela fait, ils détachèrent le câble, et s'éloignè-rent en ramant très-vite. Par malheur, le bonhomme était suel; un peu poltron, il n'osa pas appeler les voisins, et se contenta de dire ce qu'il avait vu lorsque l'on s'aperçut que j'avais été volé.

— Et vous reconnaîtriez la tasse de Leï-li? lui de-mandai-je, avec un trouble extrême. — Si je la re-connaîtrais?... Entre toutes les tasses du Céleste-Em-pire, mon ami; ne l'ai-je pas, pendant vingt ans, regardée tous les jours de l'œil dont un avare couve son trésor? Il n'est pas une des petites fleurs peintes sur le fond d'opale, dont je n'aie présentes à l'esprit la forme et les moindres nuances, pas un ornement dont je ne puisse exactement reproduire le dessin, pas un grain presque imperceptible dans la porcelaine que mon souvenir ne me retrace. Tenez, il y a au-dessus de la tête de la jeune femme qui s'évente une craque-lure plus fine qu'un cheveu...

— Une craquelure au-dessus de la tête de la jeune femme qui s'évente? répétai-je machinalement.

— Oui, eh bien! cette craquelure, que personne

11

n'avait remarquée sans doute, je la vois chaque fois que je pense à ma pauvre tasse. »

Je tirai brusquement ma montre, et je prétextai un rendez-vous auquel je ne pouvais manquer, pour prendre congé de Chung-tso.

« Dans deux heures, dis-je au vieillard, je serai de retour. »

Je remontai dans ma chaise et donnai ordre à mes porteurs de me conduire au port en toute hâte.

Chemin faisant, je me répétais sans cesse ces mots:

« Une craquelure au-dessus de la tête de la jeune femme qui s'évente.... »

Arrivé sur le quai, je courus au *Pélican*, je descendis dans ma cabine, et j'ouvris précipitamment le coffret où était renfermée la tasse précieuse que des circonstances si extraordinaires avaient mise entre mes mains, et à laquelle toutes mes espérances de bonheur étaient attachées.

En la prenant, je tremblais si fort que je craignis de la laisser tomber : je respirais à peine; un brouillard obscurcissait ma vue, et, pendant quelques minutes, j'eus beau fixer les yeux sur la dame à l'éventail, je ne la distinguais que confusément; enfin le nuage se dissipa peu à peu; une fente extraordinairement fine et longue à peine de deux ou trois lignes, qui coupait l'émail juste au-dessus du front de la jeune Chinoise, ne m'apparut que trop nettement.

Je replaçai convulsivement la tasse dans le coffret, et, le serrant entre mes doigts crispés, je sortis du navire : il me semblait que ma tête était vide, et que je marchais dans ce monde fantastique qu'on ne voit que dans les rêves.

Ma chaise m'attendait sur le quai ; j'y entrai, après avoir donné à entendre à mes porteurs qu'ils eussent à me ramener chez Chung-tso. Il me serait impossible de dire à quoi je pensai pendant le trajet.

Quand je fus devant la maison du vieux négociant, et prêt à frapper à sa porte, je ressentis dans mon âme un déchirement soudain, et je fondis en larmes, comme un enfant. L'accès dura cinq minutes. Quand il fut passé : « Il faut savoir être homme, » me dis-je, et je frappai deux coups d'une main ferme.

Chung-tso lui-même m'ouvrit. « Vous êtes de parole, me dit-il, à la bonne heure. Quelle bonne soirée nous allons passer ! »

J'essayai de sourire ; et puis, tendant le coffret au vieillard :

« Ouvrez, lui dis-je, et regardez. »

Il ouvrit, poussa un cri d'étonnement et couvrit la tasse de baisers.

« Qui aurait jamais pensé qu'une pareille chose fût

possible? » dit-il ensuite ; et il répéta plus bas, comme en se parlant à lui-même : « Qui l'aurait jamais pensé? qui l'aurait jamais pensé ?

— Ainsi, c'est bien la tasse de votre petite Leï-li ? lui demandai-je.

— Si c'est bien la tasse de ma petite Léï-li? Ne voyez-vous pas la craquelure? Ici, cette ligne si fine.

— Je la vois, répondis-je. Je la voyais, en effet, mieux que je n'aurais voulu.

— Mais apprenez-moi donc, me dit Chung-tso, de

quelle façon cette chère tasse est tombée entre vos mains? »

Je lui racontai dans le plus grand détail comment j'avais été pris par les pirates, ce qui s'était passé à bord de la jonque et ce qui avait suivi. J'avais recouvré toute ma présence d'esprit, seulement je parlais comme un homme qui a la fièvre.

Chung-tso m'écoutait avec ravissement.

Quand j'eus fini, il frappa dans ses mains et s'écria :

« Que le Dieu bon soit loué mille et mille fois, et vous, mon jeune ami, soyez béni, vous par qui me vient une si grande joie; puissiez-vous être comblé de toutes les prospérités célestes ! » et il m'embrassa étroitement.

Le digne homme ne se doutait pas de ce que me coûtait la joie que je lui causais.

Saïgon.

Le lendemain, je quittais Canton.

Chung-tso vint me dire adieu au moment où je m'embarquais : ce fut avec une douleur véritable qu'il me vit partir, et jamais je n'oublierai les marques touchantes d'affection qu'il me donna. Du moins, pensai-je, je laisse un heureux derrière moi.

De Canton à Saïgon nous avons fait la plus heureuse et la plus monotone des traversées. Nous sommes ici depuis deux jours.

Des habitations assez confortables au milieu d'une forêt de ficus, de tecks, de palmiers et de bananiers; un grand fort carré bastionné, en pierres de taille, d'un aspect tout à fait respectable, voilà Saïgon et sa citadelle. Le pays est admirable, mais il est habité par la fièvre et les moustiques, deux hôtes terribles.

Je me sens assez mal à l'aise : ma tête est lourde. J'ai la peau brûlante, et de temps en temps un frisson glacial parcourt tout mon corps et fait claquer mes dents.

A bord de *la Fantaisie*.

Il y a trois jours, je me réveillai dans une cabine de navire. Il me semblait que je sortais d'un sommeil qui avait duré un siècle.

J'étais seul. Un instant après, la porte de la cabine s'ouvrit : un homme s'approcha et se pencha sur mon lit.

« Me reconnaissez-vous, sir Broomley? me demanda-t-il.

— Oui, sans doute, vous êtes le capitaine Lecoq, de la goëlette *la Fantaisie*.

— Bravo, vous voilà sauvé ! s'écria le capitaine avec un accent joyeux dont je me souviendrai toujours.

— Sauvé? qu'est-il donc arrivé ? lui demandai-je.

— Il est arrivé que vous avez été pris, à Saïgon, d'une maudite fièvre, accompagnée de délire, et que les médecins ont déclaré que vous étiez perdu si l'on ne vous emmenait pas au plus vite. Une mission donnée au capitaine du *Pélican* l'empêchait de repar-

tir immédiatement. J'avais terminé mes petites affaires à Saïgon, et j'étais sur le point de mettre à la voile pour l'Europe; on me demanda si je prendrais un malade à mon bord, j'hésitai un peu; mais on vous nomma, et vous comprenez que mon indécision cessa; six heures après, nous quittions le port : il y a trois semaines de cela. Pendant dix-neuf jours vous n'avez

fait que jeter vos couvertures à bas de votre lit, mordre
vos draps, et dire un tas de bêtises qui n'avaient ni
queue ni tête. Avant-hier au soir, vous vous êtes en-
dormi bien tranquillement et vous venez de vous ré-
veiller guéri. Voilà tout ce que vous saurez pour le
moment. Buvez cette orangeade, rendormez-vous et
faites de bons rêves. Plus tard je vous en dirai davantage. »

Brave capitaine Lecoq ! il ne m'a peut-être pas
rendu un grand service en me sauvant la vie ; mais
enfin son intention était bonne.

Paris.

Nous avons débarqué hier à Marseille après quatre
mois de traversée.

En me séparant du capitaine Lecoq, je lui ai dit :
« Au revoir ! »

Dans deux mois il part pour le Brésil ; puisque je
ne puis pas épouser miss Aurora, je ferai probablement le voyage avec lui.

Londres.

Hier soir, Robert, mon valet de chambre, me remit

mes lettres à mon arrivée. La première que j'ouvris
était ainsi conçue :

« Mon cher Edmund,

« Je suis au comble de la joie, nous venons de re-
lâcher à Singapore, où nous passerons un mois. J'ai
revu M. Harrisson : je le vois chaque jour, lui et ma
chère Mary. Ce matin, il m'a annoncé qu'il liquidait
ses affaires et qu'il retournerait l'année prochaine en
Angleterre. » « Je veux mourir où je suis né, a-t-il
« ajouté. Vous viendrez nous voir, n'est-ce pas, mon
« enfant? Je suis sûr que cela fera plaisir à miss
« Mary. » Et Mary étant devenue toute rouge à ces
paroles : « Oui, mademoiselle, a repris l'excellent
« homme, rougissez, vous avez raison. » Puis, me
serrant la main avec force : « Oh! le vilain jeune
« homme, dit-il, qui fait rougir les jeunes filles. » Je
n'eus la force de rien dire, mais M. Harrisson vit bien
que j'avais les yeux pleins de larmes, et ce remercî-
ment a paru lui suffire. Je suis heureux, bien heureux. Que je me réjouis de vous voir à Londres, et
de connaître miss Aurora, ou plutôt madame Edmund
Broomley !

« Votre très-affectionné,

« BERNARD. »

Madame Edmund Broomley. Oui, cela aurait pu être, et ce ne sera pas, hélas !

. . . .

Ce matin, j'ai aperçu sur mon bureau une boîte

que je n'y avais pas vue hier. Sur la boîte était un billet cacheté. Il contenait ces lignes :

« Quelques jours après votre départ, j'ai été frappé d'un mal qui ne fait pas grâce. Tandis que j'ai encore la force de tracer quelques lignes, je veux vous dire, mon ami, que je penserai à vous jusqu'à mon dernier soupir. Quand on vous enverra cette lettre, je ne serai plus. Vous recevrez en même temps un objet qui m'a été bien cher et auquel je souhaite que vous attachiez quelque prix en souvenir de

« Votre ami, Chung-tso. »

J'ouvris la boîte : elle renfermait la tasse à thé de Leï-li.

FIN DU JOURNAL DE SIR EDMUND.

Oh! non, si vous m'aimez.

Le soir de ce jour, comme seize mois auparavant,
M. Simpson dormait sur le *Times* et mistress Simpson
sur son tricot. La porte s'ouvrit, et la voix retentis-
sante d'un domestique annonça :

« Sir Edmund Broomley ! »

M. et mistress Simpson tressaillirent et s'écrièrent
en même temps : « Sir Edmund Broomley ! Est-ce
possible ? »

Sir Edmund s'avança tenant à la main la tasse à
thé.

« Pas de nouvelles de vous, dit M. Simpson, si ce
n'est une fois par mon ami Harrisson à qui j'avais
annoncé que vous passeriez peut-être à Singapore, et
dont l'invitation à dîner vous causa tant de surprise ;
vous avez été cruel, sir Edmund ! »

En ce moment, miss Aurora parut dans le salon,
tenant un plateau chargé de tasses de Chine.

En voyant sir Edmund, elle pâlit, le plateau lui
échappa, et les tasses se brisèrent sur le parquet. Il y
en avait cinq : c'était l'élégant service que sir Edmund avait si malencontreusement dépareillé.

« Faut-il que je retourne en Chine chercher cinq tasses semblables à celle-ci? » demanda sir Edmund en tendant à miss Aurora la tasse de la petite Leï-li.

« Oh! non, si vous m'aimez, » répondit la jeune fille d'une voix si alarmée, si suppliante et si tendre, qu'en vérité on fût allé volontiers au bout du monde pour entendre une pareille phrase dite de cette façon-là.

Imprimerie générale de Ch. Lahure, rue de Fleurus, 9, à Paris.

LIBRAIRIE J. HETZEL, 18, RUE JACOB, PARIS.

Volumes illustrés pour Étrennes 1866.

CINQ SEMAINES EN BALLON, par Jules Verne. Illustrations par Riou.
1 vol. in-8°. Relié, 10 fr.; broché . . . . 6 fr.

HISTOIRE D'UNE BOUCHÉE DE PAIN, par Jean Macé; illustrée par Froelich. 1 vol. in-8°. Relié, 10 fr.; broché . . . . 6 fr.

AVENTURES DE JEAN-PAUL CHOPPART, par Louis Desnoyers. Nouvelle
édition illustrée par Giacomelli. 1 vol. Relié, 10 fr.; broché . . . . . . 6 fr.

LA TASSE A THÉ, par A. Kaempfen; illustrée par Janus. 1 vol. Relié,
10 fr.; broché . . . . 6 fr.

HISTOIRE D'UN AQUARIUM ET DE SES HABITANTS, par Ernest van
Bruyssel. Illustrations par Becker et Riou. 1 vol. grand in-8°. Prix . . . 5 fr.

LILI A LA CAMPAGNE. 24 dessins à la plume par L. Froelich. Texte par
P.-J. Stahl. Volume-album grand in-8°. Prix . . . . 5 fr.

ALPHABET DE MADEMOISELLE LILI. 30 dessins par Froelich. Volume-
album grand in-8°. Prix . . . . 3 fr.

LES AVENTURES DU PETIT ROI SAINT LOUIS DEVANT BELLESME, par Ph. de
Chennevières. 1 joli volume grand in-18 en caractères elzéviriens italiques,
imprimé en deux couleurs . . . . 5 fr.

NOUVELLES ÉDITIONS.

CONTES DU PETIT CHATEAU, par Jean Macé; illustrés par Bertall. 1 beau
volume. Relié, 10 fr.; broché . . . . 6 fr.

PICCIOLA, par Xavier Saintine; 39e édition, illustrée à nouveau par Flameng.
1 vol. Relié, 10 fr.; broché. . . . . 6 fr.

MAGASIN D'ÉDUCATION ET DE RÉCRÉATION, dirigé par Jean
Macé et P.-J. Stahl, avec la collaboration de nos écrivains les plus distingués, et
illustré par nos principaux artistes. — La 1re année forme 2 volumes in-8° jésus,
contenant chacun environ 200 gravures — Chaque vol. br., 6 fr.; cartonné doré. 8 fr.
Le 1er volume de la 2e année vient de paraître — Prix, br., 6 fr.; cart. doré. . 8 fr.

Volumes in-8° illustrés déjà parus.

LA COMÉDIE ENFANTINE, par Louis Ratisbonne. Riche édition illustrée par
Gobert et Froment. — *Ouvrage couronné par l'Académie.* — 5e édition (1re série).
1 vol. Relié, 14 fr.; broché . . . . 10 fr.

**NOUVELLES ET DERNIÈRES SCÈNES DE LA COMÉDIE EN-
FANTINE**, a l'usage du second âge, par Louis Ratisbonne, illustrées par Froment. Riche édition pareille à la première série. Gravures à part, d'après Froment,
tirées en couleur 1 beau volume sur vélin (dernière série). Relié, 14 fr.; broché. . 10 fr.

LES ENFANTS (*le Livre des Mères et des jeunes Filles*), par Victor Hugo; la fleur
des poésies de Victor Hugo ayant trait à l'enfance, illustrée par Froment. 1 vol.
grand in-8°. Relié, 15 fr.; broché . . . . 10 fr.

THEATRE DU PETIT CHATEAU, par Jean Macé. 1 beau volume sur vélin,
illustré par Froment. Relié, 10 fr.; broché . . . . 6 fr.

L'ARITHMÉTIQUE DU GRAND PAPA (*Histoire de deux petits marchands de
pommes*), par Jean Macé. Illustr. de Yan' Dargent. 1 vol. Relié, 10 fr.; broché. 6 fr.

LES AVENTURES D'UN PETIT PARISIEN, par Alfred de Bréhat.
1 beau vol. in-8°, illustré par Morin. Relié, 10 fr.; broché. . . . . 6 fr.

LES FÉES DE LA FAMILLE, par Mme S. Lockroy. 1 beau volume, illustré
par de Doncker. Relié, 10 fr.; broché. . . . . 6 fr.

LA VIE DES FLEURS, par Eugène Noël. Illustrations de Yan' Dargent. 1 vol.
Relié, 10 fr.; broché . . . . 6 fr.

LE NOUVEAU ROBINSON SUISSE, par Eugène Muller et P.-J. Stahl,
illustrations de Yan' Dargent. 1 vol. grand in-8°. Relié, 10 fr.; broché. . 6 fr.

LA BELLE PETITE PRINCESSE ILSÉE, par P.-J. Stahl; illustrée par
E. Froment. Jolie édition grand in-8°. Relié toile, 7 fr.; broché. . . . . 5 fr.

FABLES, par le comte A. de Ségur; ill. par Froelich. 1 vol. Rel., 10 fr.; broché. 6 fr.

RÉCITS ENFANTINS, par E. Muller; ill. par Flameng. Rel., 10 fr.; broché. 6 fr.

LES BÉBÉS, par le comte de Gramont, illustrés par Oscar Pletsch. 1 vol. Relié,
10 fr., broché . . . . 6 fr.

LES BONS PETITS ENFANTS, par *le même*. Vignettes par Ludwig Richter.
1 vol. Relié, 10 fr., broché . . . . 6 fr.

LE PETIT MONDE, par Charles Marelle. 1 vol. illustré. Relié, 10 fr., broché. 6 fr.

LA JOURNÉE DE MADEMOISELLE LILI. Joli album illustré par Froelich.
9e édition. Prix, cartonné . . . . 3 fr.

PARIS. — J. CLAYE, IMPRIMEUR, RUE SAINT BENOIT, 7.